KB094947

장영훈 新무협 판타지 소설

FANTASTIC ORIENTAL HEROES

절대군림 13

장영훈 新무협 판타지 소설

초판 1쇄 찍은 날 § 2010년 8월 24일
초판 1쇄 펴낸 날 § 2010년 8월 31일

지은이 § 장영훈
펴낸이 § 서경석

편집책임 § 유경화
편집 § 박우진

펴낸곳 § 도서출판 청어람
등록번호 § 제1081-1-89호
등록일자 § 1999. 5. 31
어람번호 § 제2-1969호

주소 § 경기도 부천시 원미구 심곡2동 163-2 서경B/D 3F (우) 420-822
전화 § 032-656-4452 팩스 § 032-656-4453
http://www.chungeoram.com
E-mail § chungeoram@chungeoram.com

ISBN 978-89-251-2267-0 04810
ISBN 978-89-251-1651-8 (세트)

13

FANTASTIC ORIENTAL HEROES

絶代君臨

절대군림

장영훈 新무협 판타지 소설

目次

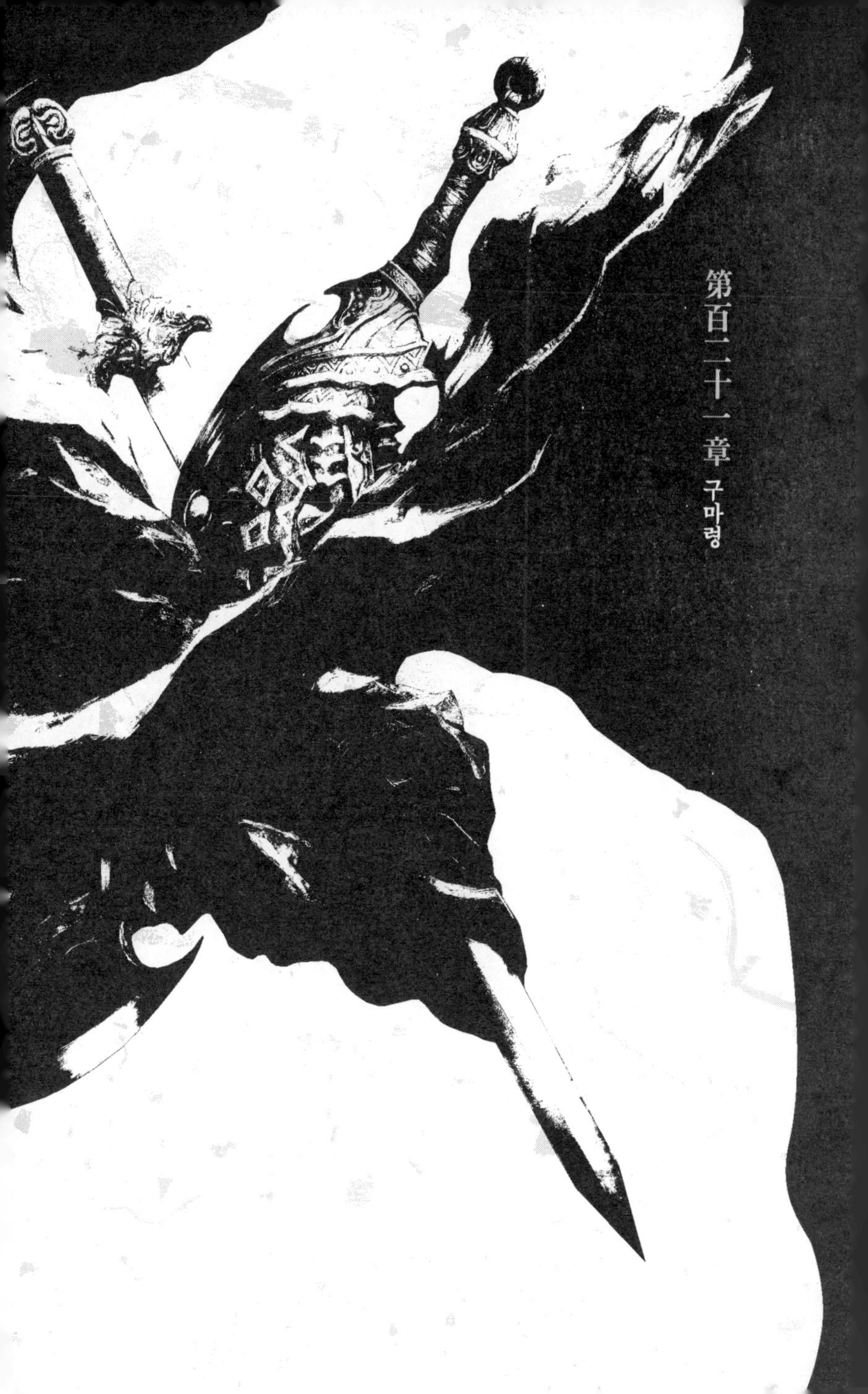

第百二十一章 구마령

絶代君臨
절대군림

송 의원은 언제나처럼 한가로웠다.

변두리에 위치한 송 의원은 하루에 서너 명의 환자가 고작이었는데, 그나마도 찢어지게 가난한 외상 손님이 대부분이었다. 그럼에도 그곳의 주인장이자 유일한 의원인 송(宋)은 인상 한 번 찌푸린 적 없는 호인 중의 호인이었다.

"이놈의 허리는 대체 언제 낫누?"

불평을 하는 임(林)은 산 아래에서 작은 잡화점을 했다. 아내에게 가게를 맡기고 이곳에서 소일하는 것이 그의 하루 일과 중 하나였다.

"약으로 나을 병이 아니라니까 그러오."

송의 대답에 평상에 비스듬히 누운 채 임이 허리를 두드렸다.

"거야 돌팔이들이나 하는 소리지."

"의원만 돌팔이가 있는 게 아니지요."

임이 벌떡 몸을 일으키며 혀로 입술을 축였다.

"우리 돌팔이들끼리 술이나 한잔하세."

"돌팔이도 격차가 있는 법이지요. 이쪽 돌팔이는 그 정도까지 타락하진 않았소."

"하하하하!"

임이 호탕하게 웃었다. 그는 이곳에서 송과 시간을 보내는 것이 너무나 즐거웠다. 고질병인 요통으로 많은 약을 썼다. 덕분에 빚을 많이 졌지만 송 의원은 밀린 돈 달라고 재촉 한번 한 적 없고, 이렇게 온종일 뭉그적거려도 싫은 소리 한번 하지 않았다.

송 의원을 돌팔이라고 놀렸지만 임은 송의 실력이 보통이 아님을 알고 있었다.

몇 년 전, 자식들은 다 떠나고 노인들만 남은 이곳 마을에 큰 산사태가 난 적이 있었다. 농가 일곱 채가 파묻혔다. 한데 그 사고로 죽은 사람은 오직 한 명이었다.

모두 다 송 의원 덕분이었다. 임은 그날의 송 의원을 잊지 못한다. 이리 뛰고 저리 뛰고, 빗속을 뛰어다니며 혼신을 다해 환자들을 치료했다. 죽을 것이라 생각된 노인 여럿이 살았다.

자신의 허리 역시 송의 약으로 큰 차도가 있었다. 송이 아니었다면 걸어다니지 못했을 수도 있었다.

그날의 송 의원을 두고 여러 말이 나돌았다. 화타가 현신했다는 소문에 그날 현장에 없던 이들은 운이 좋았다고 폄하했고, 혹자는 의원이 그 정도도 못해내면 그게 어디 의원이냐며 송의 활약을 당연시했다. 평소의 굼뜬 송의 모습을 아는 이들이라면 다들 그날의 일이 과장되었다고 생각하는 것도 당연했다. 어쨌든 그날 이후, 송의 그런 눈부신 모습은 볼 수 없었다.

"좀 치우고 살게. 병 고치러 왔다가 병나서 가겠네."

임이 마당 곳곳을 둘러보며 인상을 찡그렸다.

"잔소리할 시간에 참한 여인이나 하나 소개해 주던지."

"어느 여자가 이리 추접스런 사내를 좋아할까?"

"나 이래봬도 어엿한 의원이라네."

"것도 옛말이지. 누가 요즘 의원이라고 목매다나? 늦게까지 고생만 진탕 하는 의원을."

"그래서 더 좋아한다던데? 돈 잘 벌고 집에는 늦게 들어와 줘서."

임이 어이없다는 표정을 지었다.

"것도 돈 잘 버는 의원 말이지!"

고개를 들어보니 송의 표정이 굳어 있었다. 임이 자신의 말 때문인가 싶어 놀라고 당황했다. 평소 이 정도 농담은 스스럼 없이 주고받았는데 지금 송의 표정은 무서울 정도로 굳어 있었던 것이다.

"허허, 자네가 꼬불쳐 둔 돈이 많다는 것 내 잘 알지."

임이 애써 분위기를 바꿔보려 했다.

여전히 굳은 표정의 송이 바라보는 곳은 임의 뒤쪽이었다.

피잇!

스르륵.

임이 그 자리에 주저앉듯 쓰러졌다. 수혈을 제압당한 것이다.

뒤에 온몸이 피투성이인 사내가 한 명 서 있었다.

송이 놀라고 화난 얼굴로 소리쳤다.

"이 무슨 짓이오?"

그러자 사내가 사무적으로 빠르게 말했다.

"제사십구번 마의(魔醫) 송추(宋楸), 맞나?"

그 말에 송의 눈빛이 대번에 날카로워졌다. 마을 사람들에게 한 번도 보여준 적 없는 그런 표정이었다. 쓰러진 임이 봤다면 자신의 눈을 믿지 못했을 것이다.

송이 떨떠름한 표정으로 대답했다.

"그렇소만."

그는 천마신교의 마인이었다. 그는 마인들을 치료하는 마의였다.

마의들은 강호에 은밀히 존재했는데, 대부분 일반 약재상이나 의원으로 위장해 있었다. 그들의 임무는 위급 상황에서 마인들을 치료하는 일이었다.

송추는 일반 마의가 아니었다. 호북의 마흔일곱 명의 마의들을 책임지고 담당하는 마의장이었다.

송추가 인상을 쓰며 노골적으로 불쾌한 기색을 드러냈다. 상대는 자신이 마의장인 줄 모르고 찾은 것이 틀림없었다. 그렇지 않다면 이렇게 갑작스럽고 무례하게 방문해서 함부로 임을 제압할 리 없었다.

마의들의 지위는 천마신교 내에서 결코 낮지 않았다. 일반 마의도 직급으로 따지면 타격대의 조장급이었다. 마의장인 자신은 대주급의 직위였다. 실력있는 마의장은 거의 단주급의 대접을 받았다. 자신처럼 말이다.

송추가 사무적으로 물었다.

"자네, 소속이 어딘가?"

상대의 나이를 짐작해 볼 때, 자신보다 낮은 직급임을 확신했다.

사내는 대답 대신 쓰러진 임을 한옆으로 옮겼다.

송추가 사내의 태도에 인상을 찡그렸다.

"이따위 버르장머리로 내게 치료를 받겠다고? 어림없다!"

그러자 사내가 힐끔 고개를 들더니 나직이 말했다.

"환자는 내가 아니오."

"뭣이?"

그때 그곳으로 삼십여 명의 사내가 우르르 쏟아져 들어왔다.

그들은 모두 대격전을 치른 듯 온몸이 피투성이 상태였다. 하지만 그들은 자신들의 상처를 돌볼 생각도 않은 채 사방으로 흩어져 주위를 경계했다. 얼핏 봐도 부상이 심각한 이들이 여럿이었다.

"대체 이게 무슨?"

이윽고 삼엄한 경계 사이로 한 중년 사내가 누군가를 업고 빠르게 걸어왔다. 적호단주 범강이었다.

"나 적호단주요."

그 말에 송추가 화들짝 놀랐다. 교 내에 절대 권력을 지닌 단체가 몇 있었다. 노마들이 북적대는 원로원이 그러했고, 교내의 기강을 책임지는 사령각이 그렇다. 총군사가 이끄는 묵룡단도 당연했고. 타격대 중 가장 큰 명성을 떨치는 흑풍대와 철기대가 그러하다. 그리고 이 적호단. 특히 적호단은 교주의 안위를 책임지는 곳이었다. 평소에는 있는 듯 없는 듯하지만 위급 상황이 발생하면 그 어떤 곳보다 끗발이 센 곳이었다.

"아! 호북성 마의장 송추입니다."

구부정하던 송추의 허리가 꼿꼿해졌다.

"위급 상황이오."

송추의 시선이 범강의 등에 업힌 이를 향했다. 그의 축 늘어진 손을 보는 순간 가슴이 철렁 내려앉았다. 적호단주가 직접 업었다면?

"설마 환자분이?"

범강이 송을 향해 고개를 한 번 끄덕였다.

송추가 두 눈을 부릅떴다. 환자가 천마란 사실에 송추는 완전히 얼이 빠졌다. 다리가 후들거려 제자리에 서 있을 수 없었다. 송추가 그 자리에 주저앉았다.

범강이 눈짓하자 적호단의 무인 둘이 달려가 그를 일으켜 세웠다.

범강이 꾸짖듯 소리쳤다.

"정신 차리시오!"

"아! 네!"

"어서 안으로 안내하시오."

뒤늦게 정신을 차린 송 의원이 한옆에 숨겨진 줄을 당겼다.

철컹!

뒷마당 가장자리가 열리며 비밀 통로가 모습을 드러냈다.

범강이 돌아보며 수하들에게 말했다.

"이곳 주위를 완전 봉쇄한다."

"알겠습니다."

화음신과 방갓사내들과의 혈전으로 인해 피해가 막중했다.

방갓사내들과의 싸움은 적호단이 우세했다. 하지만 천마가 화음신에게 패배하는 순간, 전세는 완전히 달라졌다. 천마를 이곳까지 탈출시키기 위해 적호단 반이 희생을 당해야 했다. 살아남아 이곳까지 온 대원들도 부상을 당하지 않은 이가 없었다. 적호단 하나하나의 실력이 절정고수들임을 생각해 볼 때, 그야말로 믿을 수 없는 타격을 당한 것이다. 정마대전 이후 가장 큰 피해였다.

범강을 비롯해 상처가 위중한 십여 명이 따라 들어갔고, 나머지 인원이 다시 사방으로 흩어져 몸을 숨겼다.

송 의원은 다시 평소처럼 조용해졌다.

*　　　*　　　*

"난 아버지를 이해하오."

유설찬의 말에 총군사 사도인은 아무 대답도 하지 않았다.

사도인은 유설찬과 유진천의 미묘한 관계를 누구보다 잘 알고 있었다.

유설찬은 아버지인 유진천과는 정반대의 성향을 지닌 인물이었다. 유진천이 마교일통의 꿈을 버리지 못한 패도가라면 유설찬은 그야말로 온건한 성격이었다.

유설찬이 불쑥 물었다.

"아버지의 꿈에 군사의 꿈도 함께 실려 있소?"

"무슨 뜻입니까?"

물론 사도인은 무슨 뜻으로 묻는 것인지 알았다. 대답하기 민감한 사안이었다.

무언의 대답은 충분한 대답이 되었다.

가만히 사도인을 응시하던 유설찬이 빙긋 웃었다.

"하하, 차 맛이 좋습니다."

애초부터 우문이었다. 강호의 그 어떤 군사가 강호일통을 꿈꾸지 않겠는가? 하물며 그는 그 가능성이 가장 높은 집단의 총군사였다.

유설찬은 사도인이 야망을 지닌 인물이란 것을 잘 안다. 하긴 자신과 비슷한 성향이었다면 지금까지 아버지의 총군사로 남지 못했을 것이다.

이번에는 사도인이 웃으며 말했다.

"소교주님께서 꾸시는 꿈은 무엇입니까?"

원래라면 이 역시 민감하고 조심스러워야 할 질문이었는데, 밝은 분위기로 물었다.

잠시 찻잔을 내려 보던 유설찬이 나직이 말했다.

"당대에 마정대전이 일어나지 않게 하는 것입니다."

"……!"

유설찬이 이렇게 노골적으로 자신의 뜻을 밝히리라 생각지 못했기에 사도인은 당황했다.

다시 유설찬이 웃으며 말했다.

"역시 쉽지 않은 일이겠지요?"

결국 사도인이 피식 웃고 말았다.

방금 전의 말에는 천마는 물론이고 자신에 대한 책망까지 담겨 있었지만 그렇다고 아주 적대적인 것은 아니었다. 유설찬은 아주 꽉 막힌 성격이 아니었다. 그는 똑똑하고 현명하고 온순했다. 결국 입장의 차이란 것으로 결론을 내릴 줄 아는 인물이었다.

"그럴 겁니다."

사도인이 솔직히 자신의 뜻을 전했다.

보통 소교주가 교주 직을 물려받으면 큰 인사이동이 있게 된다. 그중 가장 먼저 바뀌게 되는 것이 바로 총군사였다. 새 술은 새 부대에. 애초에 사도인은 유설찬에게 잘 보일 필요가 없었다.

지금은 유진천의 시대였다. 모든 실권은 천마인 유진천에게 집중되어 있었다. 유진천은 유설찬에게 교주의 직위를 넘길 생각이 아직은 전혀 없었다. 유진천이 마교일통의 꿈을 버리지 못하는 한, 유설찬은 오랜 세월을 소교주로 살아야 할 운명이었다. 그런 점에서 사도인은 유설찬에게 미안한 마음을 지니고 있었다.

"전쟁이 끝난 지 고작 이십 년밖에 지나지 않았습니다. 또다시 전쟁이 일어난다면 모두의 마음에 큰 상처를 입게 될 겁니다."

아버지를 잃은 꼬맹이들이 자라 이제 새로운 마교를 지탱해 나가고 있다. 그들을 다시 전쟁터로 내몬다면, 그 어미는 남편과 자식을 모두 잃게 될 것이다.

유설찬은 이런 자신의 생각이 어떤 눈으로 비춰질지 잘 안다. 상당수 마인들은 자신의 나약함을 우려하고 있다는 것도 알았다. 하지만 그는 자신의 생각을 감추지 않았다. 이런 그를 지지하는 마인들도 있었다. 이쪽저쪽 모두를 다 안고 갈 수 없다. 유설찬은 자신의 한계를 잘 알았다.

그때였다.

덜컹!

문이 거칠게 열리며 무인들이 안으로 들어왔다.

유설찬은 물론이고 사도인도 깜짝 놀랐다. 두 사람이 이야기를 나누는 곳으로 이렇게 무례한 방문을 할 수 있는 사람은 오직 한 명뿐이었다. 그 유일한 인물은 지금 교 내에 없었다.

무인들은 바로 적호단의 무인들이었다.

그들을 알아본 유설찬이 놀라 물었다.

"무슨 일인가?"

앞장선 무인이 빠르게 보고했다.

"구마령이 내려졌습니다."

"뭣이?"

두 사람이 경악했다. 구마령은 그야말로 천마신교의 최대 위기가 닥쳐왔을 때 내려지는 비상령이었다. 구마령의 발동은 오직 천마와 그 후계만이 할 수 있었다. 그렇다면 지금의 이 구마령은 천마가 직접 내렸다는 말이다.

"함께 가셔야 합니다."

적호단 무인들이 유설찬을 호위해서 밖으로 나갔다.

구마령이 내려지면 일단 천마와 그 일가를 안전한 곳으로 모시는 것이 정해진 절차였다. 그것을 진행하는 것이 적호단이었는데, 구마령이 내려진 상황에서의 적호단은 천마신교 내 그 어떤 조직보다 우선한다. 육마존이나 원로원 역시 예외는 없었다. 더불어 그 어떤 명령도 듣지 않고 독자적인 내규에 따라 천마 일가를 보호하게 된다.

유설찬이 뒤를 부탁한다는 얼굴로 군사를 돌아보았다.

군사가 걱정 말라는 표정으로 고개를 끄덕였다.

유설찬이 적호단 무인들과 방을 나가자 묵룡단은 본격적으로 비상이 걸렸다.

묵룡단의 무인들이 안으로 들어왔다. 앞장선 사람은 이제는 해체된 신비각의 구가휘였다.

사도인이 빠르게 물었다.

"확실한 명령인가?"

"확실합니다. 적호단에서 직통으로 날아왔습니다."

"교주님은 지금 어디에 계신가?"

"현재 비선망(秘線網)이 가동 중입니다."

천마에게 위기가 닥치면 그 안위에 대한 모든 정보는 비선이라는 연락망을 통해서만 오고 갔다. 비선은 마교 내 최고 기밀 연락망이었다.

사도인의 표정은 완전히 굳어졌다. 정말 난데없는 명령이었다. 당대에 구마령이 떨어진 적은 단 한 번, 질풍세가가 전쟁에 개입한 그때였다. 하지만 그때의 구마령은 일종의 전략적 비상사태 선포의 의미였다. 하지만 지금의 구마령은 그야말로 비상이 걸린 것이다.

사도인이 벽으로 걸어갔다. 벽에 걸린 여우박제를 만지자 비밀 벽이 열렸다. 사도인이 기관에 암호를 입력했다.

드르릉.

문이 열렸다. 그곳으로 구가휘와 수하들이 함께 탔다.

문이 닫히자 공간이 아래로 내려가기 시작했다.

슈우우우.

한참을 내려간 후 문이 열렸고 그들은 긴 복도를 걸었다. 마교의 신마들조차 통과할 수 없는 통제구역이었다. 다섯 단계로 나눠진 삼엄한 경계를 지나 통제실로 들어섰다.

문을 열고 들어서자, 안에는 이십여 명의 묵룡단 무인들이 바쁘게 움직이고 있었다.

벽면의 구멍으로 끊임없이 전서가 담긴 작은 통이 내려오고 있었다. 구멍마다 정보의 급이 달랐는데 특급부터 삼급까지 모두 네 등급의 정보에, 마지막으로 비선망이 따로 존재했다.

그 반대쪽에는 반대로 묵룡단에서 중원의 각 지단으로 명령을 보내고 있었다. 명령을 적은 전서를 구멍에 넣으면 다시 전서를 담당하는 부서에서 그것을 처리했다. 전서를 담당하는 쪽은 묵룡단 직속의 부서로 천마신교 내에서도 가장 중요한 곳 중의 하나였다.

사도인이 빠르게 물었다.

"교주님 소식 아직인가?"

그러자 벽에서 작업을 하던 수하가 돌아보지 않은 채 말했다.

"아직입니다!"

이곳에서는 형식적인 예는 전적으로 생략되었다.

사도인이 다시 물었다.

"교주님과 마지막으로 연락이 된 곳이 어디인가?"

"선도(仙桃)입니다."

"흑풍대 지금 어디에 나가 있나?"

"한천(漢川)에서 작전 중입니다."

"모든 작전 취소시키고 그곳으로 투입해. 지급(至急)으로!"

"네."

수하가 빠르게 명령을 써서 구멍으로 넣었다. 일의 편의상 이미 총군사의 낙인이 찍힌 명령서였다.

"철기대는 지금 어디에 있나?"

"광동(廣東)에서 작전 중입니다."

"당장 본단으로 불러들여!"

"네."

"천마단(天魔團), 비격단(秘格團), 귀영대(鬼影隊)에 비상을 걸고 언제든 출동할 수 있도록 대기시킨다."

"알겠습니다!"

"원로원에는?"

"이미 기별했습니다. 외유 나간 원로들 소재 파악 중입니다."

"신마들 소집해. 지금 당장 비상회의를 연다."

상황은 그렇게 급박하게 진행되고 있었다.

"교주님의 소식은 아직이오?"

권마(拳魔)가 걱정스럽게 물었다. 육마존이 통제실로 소집된 것은 불과 이각 만이었다. 산을 내려간 투마(鬪魔)와 환마(幻魔)는 그 자리에 불참했고, 검마(劍魔)는 오고 있는 중이었다.

"그렇습니다."

사도인의 대답에 권마는 물론이고 옆에 앉아 있는 혈마(血魔)와 귀령신마(鬼靈神魔)가 인상을 굳혔다.

육마존 중 가장 중요한 인물이 바로 귀령신마였다. 강시를 움직일 수 있는 이가 바로 그였기 때문이다. 그는 평상시에도 묵룡단의 특별 관리를 받았는데 오늘 이곳에 가장 먼저 호위와 함께 도착한 것도 바로 그였다.

원래 평소에는 육마존이라 할지라도 이곳 통제실에 들어오지 못했다. 하지만 구마령이 내려졌을 때는 일단 이곳에 모두 모이는 것이 원칙이었다.

"너무 걱정하지 마십시오."

사도인의 말에 모두들 고개를 끄덕였다. 만약 정말 심각한 문제가 발생했다면 벌써 소식이 들어왔을 것이다. 지금 상황은 오히려 무소식이 희소식인 상황이었다.

"빌어먹을! 감히 어떤 자들이?"

권마가 목청을 높였다. 평소 그의 다혈질적인 성격을 볼 때, 이렇게 앉아 기다리기가 쉽지 않을 것이다.

혈마가 가래 끓는 소리를 내며 물었다.

"짐작 가는 곳이 있소?"

사도인이라면 분명 알고 있으리라 확신한 질문이었다.

"아직은 알려 드릴 만한 정보가 없습니다."

모호한 대답이었다. 자신이 알고 있다는 뜻을 살짝 담았다. 기밀상 대답할 수 없다고 받아들이길 바랐다.

하지만 사도인은 전혀 짐작 가는 곳이 없었다.

가장 먼저 떠올린 곳이 비연회였다. 하지만 자신이 파악하고 있는 비연회는 천마를 위협할 힘이 없었다.

두 번째가 양화영이었다. 이번 방문의 목표가 창천문이었고 그곳에 양화영이 있다는 것은 자신도 이미 알고 있었다. 양화영과의 충돌은 있음 직한 일이었다.

하지만 설사 양화영과 충돌이 있었다 하더라도 그 때문에 구마령을 내렸을 리는 없었다.

그 둘을 제외하면 남은 것은 한곳뿐이었다.

'설마 구파일방이?'

하지만 이내 고개를 저었다. 구파일방의 움직임은 자신이 확실히 파악하고 있었다. 근래 잦은 회동을 가지곤 했지만, 그것은 천마가 아니라 창천문을 향한 움직임이었다.

그사이 권마는 몇 번이나 천마의 안위에 대해 물어왔다.

하지만 소식은 여전히 없었다.

수많은 보고와 명령이 이어지며 시간이 빠르게 흘러갔다.

그리고 드디어 소식이 왔다.

"비선망에서 연락입니다."

사도인은 물론이고 마존들이 벌떡 자리에서 일어났다.

"뭔가?"

보고를 하는 무인의 목소리가 떨렸다.

"교주님께서 부상을 당하셨다고 합니다."

"뭐야?"

마존들의 표정이 완전히 굳었다. 연락이 끊겨 불안하긴 했지만 그래도 무사하리라 생각하고 있었다. 그런데 부상이라니?

"적호단이 호북의 마의장에게 모셨다고 합니다."

"부상 정도는?"

"확실하지 않습니다."

사도인이 한숨을 내쉬었다. 안도와 걱정이 뒤섞인 한숨이었다. 일단 생존해 있다는 소식에 안도했고, 대체 얼마나 부상이 깊기에 마의를 찾았을까 하는 걱정이었다.

"의각주 곧바로 그곳에 투입해. 귀영대 조장들에게 호위를 맡긴다. 중간에 흑풍대가 합류하도록 기별 넣어!"

"네!"

명령과 수행이 빠르게 이루어졌다.

"우리가 당장 가겠소."

권마와 혈마는 당장이라도 뛰쳐나가고 싶은 심정이었다.

그때 수하가 다시 소리쳤다.

"추가 비선입니다!"

"뭔가?"

"마존께 교주님께서 직접 내리신 명령입니다."

"우리에게?"

마존들이 깜짝 놀랐다.

"마존들께서는 소교주를 모시라는 명령입니다. 절대 전면으로 나서지 말란 명령입니다."

"뭣이?"

권마가 명령서를 낚아채서 직접 읽었다. 거짓말을 했을 리 없었으니, 그 내용이 그대로 적혀 있었다. 그 아래 시뻘건 천마의 직인이 확실히 찍혀 있었다.

"필체 확인된 건가?"

"네. 적호단주 필체임을 이미 확인했습니다."

"빌어먹을! 이게 대체 무슨 명령이지?"

흥분한 권마에게 귀령신마가 침착한 목소리로 말했다.

"강적이 나타난 모양이군요."

"뭐요?"

뭔가 착오가 있다고 생각하는 권마에 비해, 사도인은 귀령신마의 생각에 전적으로 동의했다.

육마존이 나서도 상대할 수 없다는 간접적인 의미기도 했다. 소교주를 지키며 자중하란 뜻이 담겨 있었다.

사도인은 권마에게 자신의 추측을 말하지 않았다. 말해봐야 그의 노기에 귀만 아플 것이 분명했다.

"강적이라니? 그렇다면 더욱더 우리가 나서야 하지 않소?"

사도인도 귀령신마도 아무 대답도 하지 않았다.

"일단 명을 따르시지요."

권마가 못마땅한 표정을 지었지만 천마의 명령이 직접 떨어진 상황이었다. 혈마와 함께 묵룡단 수하들의 안내를 받으며 밖으로 나가던 권마가 돌아보며 버럭 소리쳤다.

"일, 제대로 처리하시오! 교주님께 무슨 일이라도 생기면 그냥 두지 않을 테니까!"

사도인이 고개를 끄덕이며 여유롭게 대답했다.

"교주님께선 괜찮으실 겁니다."

두 마존이 나가자 사도인의 얼굴에서 여유가 사라졌다.

"흑풍대에 더 서두르라고 전서 쏴!"

*　　*　　*

유진천은 감은 눈을 뜨지 않았다.

한옆에서 송추가 땀을 삐삘 흘리며 서 있었다. 그가 한 유일한 일은 범강이 요구한 몇 가지 약을 제공한 것이었다.

송추는 감히 천마에게 손을 댈 수 없었고, 또 그럴 필요도 없었다. 송추를 대신해 치료를 맡은 것은 범강이었다. 그는 이미 송추의 실력 이상의 의술을 지니고 있었다. 일의 성격상 적호단주에게 무공만큼이나 중요시되는 것이 바로 의술이었다.

응급처치를 마친 범강은 말없이 유진천을 쳐다보고 있었다.

그때 눈치를 살피던 송추가 입을 열었다.

"저기……."

매우 조심스런 태도였다.

"단주께서도 치료를 받으셔야 할 것 같습니다."

그제야 범강이 자신의 몸을 내려다보았다. 몇 군데의 자상에서 난 피는 이미 굳어서 말라 있었다. 내상을 입었지만 치명적인 것은 아니었다. 아직 움직일 만했다.

범강이 나직이 말했다.

"난 됐소. 이만 나가서 수하들을 봐주시오."

뭐라 항변을 못하게 만드는 범강의 눈빛에 송추가 고개를 숙였다.

"알겠습니다."

그때였다.

"그이부터 봐주게."

깜짝 놀란 범강과 송추의 시선이 한곳으로 모였다. 말한 사람이 바로 유진천인 것이다.

유진천이 눈을 감은 채 말했다.

"고집부리지 말고 치료 받게."

"교주님! 깨셨습니까?"

범강의 눈동자가 감격으로 떨렸다. 정말이지, 눈물이 왈칵 쏟아지려는 것을 억지로 참았다.

"괜찮으십니까?"

"괜찮지 않네."

미소를 지으며 농담처럼 말했지만 그건 사실이었다. 천마의 몸 상태는 지금 엉망이었다. 내상이 깊어 지금 당장은 한 줌의 내력도 사용할 수 없었다. 완전히 회복한다 하더라도 예전의 몸 상태로 돌아갈지 의문일 정도의 부상이었다. 멀쩡한 것은 오직 겉모습뿐이었다.

범강이 그 자리에 무릎을 꿇고 앉았다.

"모두 제 책임입니다. 죽여주십시오."

천마가 부상을 당해서가 아니었다. 천마가 감당하지 못한 상대를 지키지 못했다고 자책하는 것은 건방을 떠는 것에 불과했다. 범강이 책임을 느끼는 것은 바로 상대에게 속은 것이다. 유설하에게서 온 것처럼 위조된 연락, 거기서 일이 시작되었다.

천마가 고개를 내저으며 단호히 말했다.

"잊게, 그만 것은!"

이번 일의 결과를 생각할 때, 오히려 그것은 아주 사소한 실수였다. 거기에 당하지 않았다 하더라도 그들은 어떤 식으로든 자신의 앞을 막아섰을 것이다.

유진천이 눈을 번쩍 떴다. 이미 막중한 내상을 입었음에도 그의 두 눈빛은 평소처럼 맑고 깊었다.

"일어나게."

"네."

천마의 성격을 누구보다 잘 알았기에 범강은 더 이상 자신의 실책에 대해 언급하지 않았다. 은혜는 목숨으로 갚으면 그만이다.

유진천이 송추를 손짓해 범강의 치료를 명했다.

송추가 달려와 범강의 부상을 살폈다. 더 이상 범강은 고집을 피우지 못했다. 송추가 범강의 상처를 치료했고, 내상에 좋은 약을 복용시켰다.

그렇게 범강의 치료가 끝나고 송추가 다른 적호단 무인들을 치료하기 위해 밖으로 나갔다. 오늘은 그가 마의로 살면서 절대 잊을 수 없는 날이 될 것이다.

범강과 둘만 남자 유진천이 비로소 입을 열었다.

"대체 그것이 무엇이었나?"

그의 눈빛에서 숨 막히는 살기가 뿜어져 나왔다. 화음신을 떠올린 탓이었다.

유진천의 물음에 범강은 아무 대답도 못했다.

괴물? 마녀? 대체 그 엄청난 것에 무슨 말이 어울릴지 떠오르지 않았다. 아니다. 그것은 괴물도 마녀도 아니다. 천마는 괴물도 마녀도 다 때려죽일 수 있을 테니까. 그래서 천마라 불리는 것이니까. 그렇다면 대체 그것을 뭐라 불러야 할까?

강호의 무공과 인물들에 대해 남다른 견식을 가진 범강이었지만 추측조차 불가능했다.

유진천이 나직이 탄식했다.

"완전히 당했어."

유진천이 화음신을 떠올리며 몸서리쳤다. 자신이 강한 무공을 쏟아내면 쏟아낼수록 화음신은 그에 비례해서 강해졌다. 인생에서 단 한 번 질풍세가주와의 혈전에서 무승부를 기록한 적이 있는 천마였다. 하지만 이번 싸움은 그야말로 완패였다. 아니, 살아남은 것이 기적이었다. 적호단의 희생이 아니었다면 그곳에서 죽었을 것이다.

"곧바로 군사에게 그것의 존재에 대해 알리게."

"알겠습니다. 하면 본단으로 돌아가지 않으실 겁니까?"

잠시 고민하던 유진천이 고개를 끄덕였다. 이미 구마령을 내린 이상, 나머지 일은 군사가 잘 처리할 것이다.

"놈들의 목표를 한곳으로 집중시킬 필요는 없지."

유진천이 가만히 눈을 감았다.

화음신이 눈앞에서 어른거렸다. 그것의 약점을 찾으려 애썼다. 마음에서라도 그것을 갈기갈기 찢으려 했다.

하지만 환상 속의 화음신은 그조차도 허락하지 않았다.

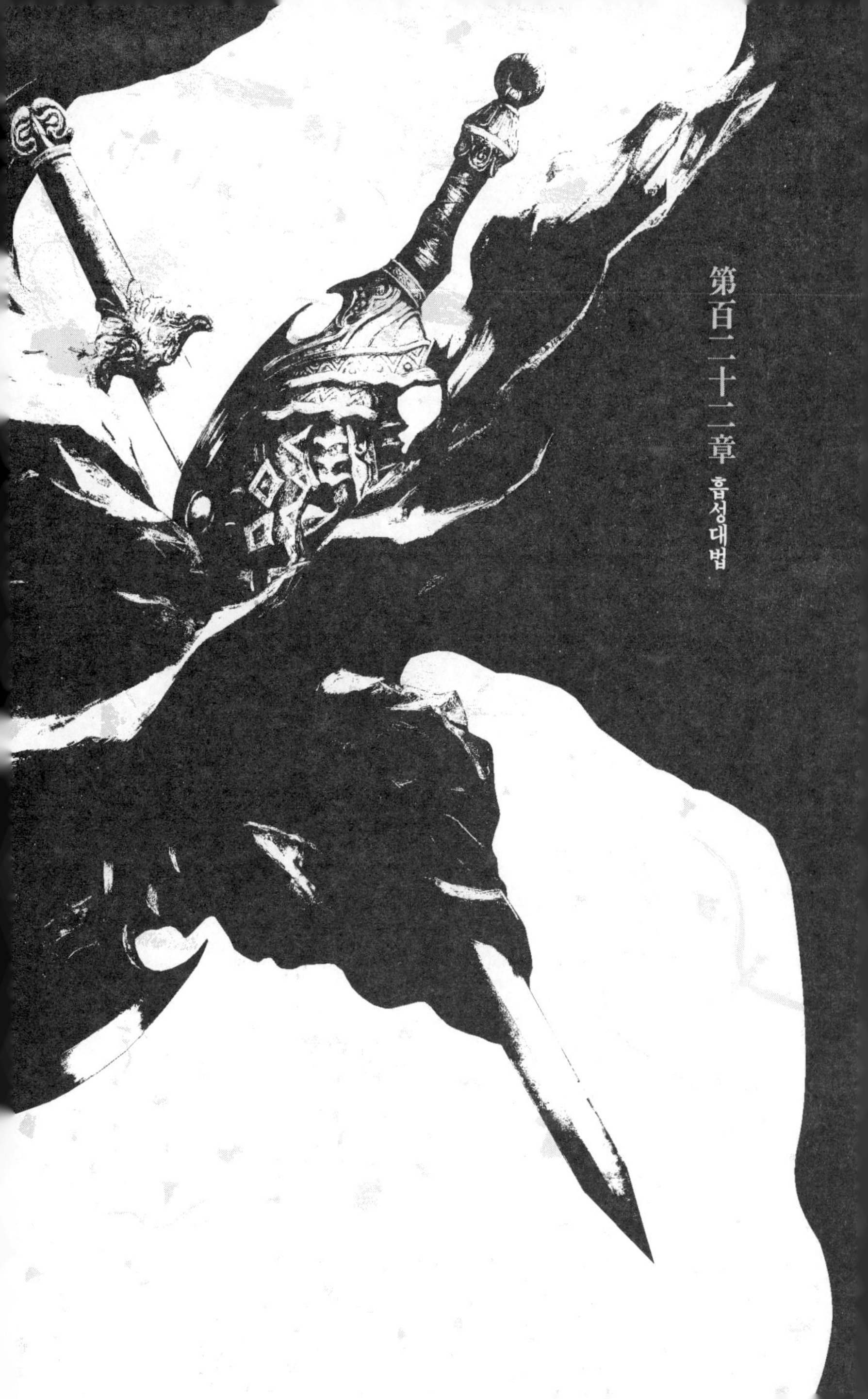

第百二十二章 흡성대법

絶代
君臨
절대군림

같은 시각. 질풍세가의 뒷마당에 적풍양이 뒷짐을 지고 서 있었다.

그 뒤에 선 사람은 질풍대주 담우빈이었다.

"아직인가?"

적풍양의 물음에 담우빈이 나직이 대답했다.

"아직 결과가 나오지 않았습니다."

일전에 올라온 보고는 꽤나 충격적인 것이었다.

구파일방이 비연회와 손을 잡고 차련을 납치했다는 것이다. 그녀를 구하기 위해 적이건이 나섰다는 보고도 들었다. 적풍양이 기다리는 것은 이후의 소식이었다.

강호사에 일절 관여하지 않았지만 질풍세가는 강호 정세를 면밀히 살피고 있었다. 그들은 알았다. 강호에서 진정 멀어지려면 오히려 강호를 잘 알아야 한다는 것을.

적풍양이 한숨을 내쉬었다.

질풍세가는 그야말로 은자(隱者)들의 가문이었다.

하지만 중원 풍운을 일으킬 실력을 지니고 강호에 숨어 산다는 것은 참으로 쉽지 않은 일이었다.

이십 년 전, 정마대전에 참전을 한 것은 지금까지도 그것이 잘된 일인지 판단이 서지 않았다. 마교가 강호일통을 하더라도 나서지 않아야 했다는 생각이 들었다. 이미 자신들의 존재는 알려졌고, 그 한 번의 나섬이 선례가 되어 후대에 이어질 것이다.

언젠가 후대의 누군가 오늘날의 그 일을 들어 강호제일가를 꿈꾸지 않는다는 보장이 없었다.

"휴우."

적풍양이 가볍게 한숨을 내쉬었다. 화원의 천리향이 깊은 향을 뿜어내고 있었지만 머리는 평소보다 더 무거웠다.

"도련님의 무공이 뛰어나니 별일은 없을 것이라 생각됩니다."

"그래야지."

적풍양이 고개를 끄덕였다.

비록 겉으로 크게 표를 내진 않았지만 아들과 손자가 보고 싶었다. 지난 이십 년간 못 보고 지내다가 한 번 얼굴을 보자, 그리움이 막힌 둑을 부수고 쏟아져 나오는 것 같았다.

아들도 아들이지만 적이건이 특히 보고 싶었다. 핏줄이 당기는 것은 고수나 하수나 상관없는 일이었다.

"여러모로 촉각을 세우고 있습니다. 특히 신교 쪽 움직임을 주시하고 있습니다."

"신교? 왜?"

"근래 유 교주의 움직임이 잦습니다. 이번에 창천문을 직접 방문했다는 보고가 올라왔습니다."

적풍양이 희미하게 웃었다. 천마도 핏줄이 당기는 것은 어쩔 수 없구나 하는 생각이 든 것이다.

그때 무인 하나가 두 사람에게 빠르게 걸어왔다.

"지급으로 들어온 보고입니다."

"뭔가?"

담우빈의 물음에 수하가 심각한 표정으로 보고했다.

"신교에 구마령이 내려졌습니다."

"뭣이?"

담우빈은 물론이고 적풍양까지 깜짝 놀랐다.

"구마령이라면 마교가 절체절명의 위기에 빠졌을 때 내려지는 것이 아닌가?"

적풍양의 말에 수하가 빠르게 말했다.

"맞습니다. 바로 그 구마령입니다."

적풍양과 담우빈이 긴장한 표정으로 서로 마주 보았다.

담우빈이 굳은 얼굴로 말했다.

"이번 하산과 관련해 마교에 큰 변고가 생긴 모양입니다."

그때 뒤에서 들려오는 낯익은 목소리.

"변고 정도가 아닙니다."

두 사람이 소리가 난 쪽을 돌아보자 적이건이 무영에게 업혀 세가 무인의 안내를 받으며 들어오고 있었다.

"완전 난리가 났습니다."

"건아!"

적풍양이 놀라 적이건에게 달려갔다.

"어찌 된 일이냐? 넌 무사한 게냐?"

"조금 다치긴 했지만 괜찮습니다."

"이리로 오너라."

주위를 모두 물린 후 적풍양이 적이건을 정자로 데려갔다.

두 사람이 가부좌를 틀고 앉았다.

적풍양이 적이건의 등으로 내력을 주입했다.

우우우웅!

웅혼하고 정순한 적풍양의 내력이 적이건의 몸 안으로 조심스럽게 들어갔다. 적이건의 몸을 살피던 적풍양이 깜짝 놀랐다. 비록 지금 내력은 마른 강바닥처럼 바짝 고갈되어 있었지만 단전의 크기가 자신보다 더 큰 것을 확인한 것이다. 그것은 부상을 회복해 내공을 채우면 적이건의 내공이 자신보다 크다는 뜻이었다.

그뿐만이 아니었다. 혈맥의 강하기가 다른 누구와 비할 바가 아니었다. 절세기환의 효능이었다.

일주천의 운기를 마치자 적이건의 혈색이 확연히 좋아졌다.

"감사합니다, 할아버지."

"기연이 있었구나!"

"네. 운이 좋았습니다."

적풍양은 적이건이 비단 육체가 강해진 것만이 아니란 것을 깨달았다. 예전에 봤던 적이건과 눈빛부터 달랐다. 기도는 안정되어 있었고 어딘지 모르게 훨씬 어른스러웠다.

"좋구나."

적풍양은 진심으로 감탄했다. 적이건의 나이에 이런 기도를 보인 사람을 본 적이 있었는가 싶었다. 호부(虎父)에 견자(犬子)가 없듯 과연 피는 속이지 못하는가 싶었다.

적이건이 무영을 불렀다. 한옆에 물러나 운기조식을 하며 쉬고 있던 무영이 그곳으로 달려왔다.

"무영, 피곤하고 힘들겠지만 지금 곧바로 돌아가서 부모님께 모든 상황을 그대로 알려줘. 이 두루마리는 대천산으로 보내고."

"알겠습니다."

귀령탑에서 선대 천마가 남긴 두루마리를 받아 든 무영이 두말 않고 곧바로 그곳을 떠났다. 질풍세가에 들어선 이상 적이건의 안전은 걱정할 필요가 없었다.

무영이 떠나고 나자 적이건이 진지하게 물었다.

"화음신에 대해 들어보신 적이 있으십니까?"

"화음신?"

적풍양이 고개를 갸웃했다. 들어본 적이 없는 말이었다.

적이건이 귀령탑의 교주가 남긴 비화에 대해 간략히 설명했다.

듣는 내내 적풍양은 놀라움을 금치 못했다.

"그런 일이 있었다니! 정말 놀라운 일이구나!"

다시 적이건이 화음신이 구파일방의 장문들을 무참히 살해한 일을 고했다.

"그런 잔혹한 짓을 저지르다니!"

"화음신의 신위가 워낙 대단해 제 힘으론 막을 수 없었습니다."

"구화마공과 상극이라 하니 그럴 수밖에 없었겠지."

적이건이 드디어 본론을 꺼냈다.

"할아버지께서 직접 나서주시면 감사하겠지만, 그것이 쉽지 않은 일이란 것을 알고 있습니다."

"알면서도 날 찾아온 이유가 무엇이냐?"

"은하유성검식이라면 그것을 없앨 수 있다고 믿어서입니다."

적풍양은 묵묵히 고개를 끄덕였다. 무공에 대한 자부심이 담긴 고갯짓이었다.

"이미 넌 은하유성검식을 배우지 않았더냐?"

"대성을 이루기 위해서 찾아뵌 겁니다."

적풍양은 뭔가 할 말이 많은 복잡한 표정이었다. 하지만 담담히 물었다.

"어디까지 배웠더냐?"

"육성에 머물러 있습니다."

"초식은 어디까지 익혔더냐?"

"이론으로 배우기는 칠초식까지 모두 배웠습니다만, 사용할 수 있는 것은 삼초식까지입니다."

"네 나이에 그 정도만 해도 대단한 성취다."

"삼초식 이후는 구화마공의 대성을 이뤄야만 막을 수 있다고 들었습니다."

"그렇다."

이미 삼초식 유성멸혼을 접해본 적이건이었다.

그 위력에 미루어 사초식 이후 초식들이 얼마나 대단할지 짐작만 할 뿐이었다.

"사초식부터는 은하유성검식의 대성을 이루어야만 사용할 수 있지."

"제가 대성을 이루겠습니다! 그래서 그것을 없애겠습니다! 도와주십시오!"

적풍양의 입에서 한숨이 흘러나왔다. 이미 적이건이 찾아왔을 때 짐작한 일이었다.

가만히 적이건을 응시하던 적풍양이 차분히 말했다.

"물론 최대한 빨리 이뤄야 하겠지?"

"그렇습니다."

"구화마공의 대성을 이루었느냐?"

"네."

"지금부터 하는 말을 오해 말고 듣길 바란다. 네가 젊은 나이에 구화마공의 대성을 이뤘지만 단기간에 은하유성검의 대성을 이루는 것은 결코 쉽지 않은 일이다. 구화마공과 은하유성공의 비교가 아니다. 마공과 정공의 그 무공 본질의 차이 때문이다. 특히 은하유성검식은 정통 중의 정통무공으로 단기간에 성과를 얻기가 결코 쉽지 않단다."

가만히 듣고 있던 적이건이 물었다.

"할아버지께서는 대성을 이루시는 데 얼마나 걸리셨습니까? 그러니까 지금 제 수준에서 대성을 이룰 때까지 말입니다."

"서로의 재능이 달라 비교하는 것이 의미가 없다."

"참고로만 하겠습니다."

"나야 너처럼 재능이 뛰어난 편이 아니니, 넌 더 빨리 이룰 것이다."

"그러니까 그게 얼마나 걸리셨는데요?"

"구 년이다."

"네?"

"육성에서 대성까지 구 년이 걸렸다."

적이건이 놀라 물었다.

"그럼 아버지는요? 아버지는 얼마나 걸리셨죠?"

"십일 년이다!"

"헉!"

답답하니 어쩌니 했어도 아버지 역시 무공에 있어 대단한 자질을 지닌 분이었다. 그 아버지가 십일 년이 걸려서야 대성을 이룬 것이다.

"전 얼마나 걸릴까요?"

"네 재능이 우리와 비교할 수 없이 뛰어나다는 것을 감안해도 최소 오 년은 걸릴 것이다. 하루도 빠짐없이 피나는 수련을 했을 때 말이다."

"아! 오 년이면 화음신이 이 강호인 모두를 죽이고도 남을 시간이라고요! 더 빨리 이루게 해주십시오!"

"얼마 만에 말이냐?"

"제겐 오백 일도, 아니, 오십 일도 긴 시간입니다."

적풍양이 고개를 내저었다.

"절대 불가하다. 내 너를 대성을 이루도록 도와줄 순 있다. 하지만 그렇게 빠르게는 아니다."

적이건이 한숨을 내쉬었다. 물론 쉽게 이룰 수 없는 일이란 것은 알았다. 하지만 이렇게 오랜 세월이 걸리는 일이라곤 생각지 못했다.

가만히 눈을 감고 있던 적풍양이 입을 열었다.

"방법이 하나 있긴 하다만."

적이건이 눈을 번쩍 떴다.

"무엇입니까, 그게?"

"오래전부터 세가에 전해 내려오는 수련법이 있다."

순간 적이건의 눈빛이 기쁨으로 반짝였다. 굳이 적풍양이 언급할 때는 그만한 가치가 있는 수련일 것이다.

"그겁니다! 그거라고요!"

적풍양이 고개를 내저었다.

"그 수련을 해낼 수만 있다면, 단기간에 대성을 이룰 수도 있다고 알려져 있다. 하지만… 지금껏 그 수련법을 끝까지 통과한 사람은 단 한 사람도 없다."

오히려 적이건은 기뻤다. 지금 필요한 것이 바로 그런 혹독한 수련이었다.

"제가 도전하겠습니다!"

적이건이 씩씩하게 말했다.

적풍양은 여전히 결과에 대해 부정적이었다.

"쉽지 않은 일이다! 아니, 애초에 불가능한 일이다."

"그래도 하겠습니다."

적풍양이 한숨을 내쉬었다.

"인간의 한계를 넘어서야 이룰 수 있는 일이다."

그러자 적이건이 그보다 더 큰 한숨을 내쉬며 말했다.
"요즘 그게 제 특기랍니다."

*　　　*　　　*

"더 먹지 그래?"
천아진의 권유에 화음신이 고개를 내저었다. 두 사람이 있는 곳은 창천문과 하루 거리의 한 고급 객잔이었다. 비싼 요리들을 잔뜩 시켰지만 화음신은 몇 번 젓가락질을 하더니 더 이상 먹지 않았다.
"필요한 것이 있으면 뭐든 말하도록."
화음신이 살짝 고개를 까닥였다.
화음신은 확실히 말을 알아듣고 간단한 의사 표현을 하고 있었다. 하루가 다르게 그 반응의 정도가 달라지고 있었다.
물론 지금처럼 고분고분할 때도 있지만 그렇지 않은 날도 있었다. 불안정한 화음신을 보는 것만큼 불안한 일은 없었다. 다행히 아직까진 큰 사고를 치지 않았다.
그때 방갓사내 하나가 들어와 천아진에게 무엇인가를 속삭여 보고했다.
수하가 나가고 나자, 천아진이 다시 입을 열었다.
"너는 우리가 어디로 가는지 알고 있느냐?"
화음신은 가만히 있었다.

"적이건, 기억나지?"

과연 알아듣는 것처럼 표정이 살짝 바뀌며 속눈썹이 가볍게 떨렸다.

천아진은 화음신이 구화마공을 익힌 이들에 대해서는 확실히 반응한다는 것을 알았다. 살기가 강물처럼 흘러나왔다. 무의식적이고 본능적인 반응이었다.

"그놈 집으로 쳐들어간다. 놈뿐만 아니라 괜찮은 먹잇감이 많을 것이다. 하하하하!"

천아진이 크게 웃었다.

화음신이 묘한 미소를 지었다.

그때였다. 왁자지껄하며 일단의 무리가 객잔 안으로 들어왔다.

십대 후반에서 이십대 초반의 사내들이었다.

그들이 들어오자 객잔에서 식사를 하던 이들이 겁먹은 표정을 지었다. 평소의 패악이 대단한 듯 보였다.

"뭘 봐? 죽고 싶어?"

그들 중 하나가 사납게 눈을 치떴다.

모두들 시선을 피했고, 대부분 손님들이 음식도 다 먹지 않고 밖으로 나갔다.

"거기 늙은이, 눈깔 안 깔아?"

그 간이 배 밖에 나온 놈은 아랑곳 않고 천아진이 가만히 화음신의 반응을 살폈다.

화음신은 아무 반응 없이 잠자코 앉아 있었다. 전혀 놈의 행동에 신경 쓰지 않았다. 이럴 때 보면 아무 감정도, 생각도 없는 것처럼 보였다.

"이봐! 손님에게 시비 걸지 마라!"

사내를 말린 이는 일행 중 가장 어려 보이는 청년이었다. 비싼 옷에 고급스런 장신구들을 주렁주렁 달고 있었다.

"저 늙은이가 노려봤단 말입니다."

"닥쳐라!"

사내를 꾸짖은 청년이 화음신에게 정중히 포권했다.

"못 배운 불쌍한 놈이니 신경 쓰지 마시고 식사하시오."

천아진은 애초부터 묵묵히 음식을 먹고 있었고, 화음신은 그 정중한 사죄를 본 척도 않았다. 청년의 눈빛이 잠시 사나워졌다가 이내 웃음을 지었다.

"하하, 수줍음이 많으신 분이군요."

자신보다 훨씬 나이가 많았음에도 청년은 화음신에게 호감을 드러냈다. 아마도 평소 난봉꾼처럼 이런저런 많은 여인들을 상대한 듯 보였다.

두 사람이 끝까지 외면하자 청년의 얼굴이 붉게 달아올랐다.

처음의 파락호사내가 벌떡 일어나 욕설을 내뱉으려 하자, 청년이 그를 사정없이 걷어찼다. 사내가 죽는소릴 내며 바닥을 뒹굴었다. 청년은 비록 파락호에 바람둥이지만 바보는 아니었다. 상대가 강호의 고수일 가능성을 잊지 않은 것이다.

그때 객잔으로 또 다른 이들이 들어왔다.

"아아악! 아파요!"

여인 하나가 두 사내에게 붙잡혀 들어온 것이다.

그 모습에 찌푸려 있던 청년의 표정이 환하게 밝아졌다.

사내들이 여인을 끌고 가서 청년 앞에 앉혔다.

청년을 대하자 여인이 부들부들 떨었다. 예쁘장한 외모를 지닌 여인이었다.

"얼굴 한번 보자는데 왜 그렇게 비싸게 굴지?"

여인은 겁에 질려 아무 대답도 못했다.

"나 누군지 알지?"

대답이 없자 청년이 탁자를 소리나게 내려쳤다.

"누구냐고?"

겁에 질린 여인이 소리치듯 말했다.

"광천문(廣天門)의 도련님이십니다!"

"알긴 아는군."

청년은 바로 광천문의 막내아들인 양구호(羊救浩)였다. 인근에서 가장 규모가 큰 문파로, 광천문주의 명성 또한 대단했다. 그에 비해 양구호는 다른 쪽으로 명성을 날렸다. 파락호들과 패를 지어 돌아다니며 온갖 사고란 사고는 다 치고 다녔다. 특히 여자 문제가 심각했다.

양구호가 능글거리며 말했다.

"알면서? 왜 그렇게 비싸게 굴었어? 꼭 이렇게까지 해야 만나주는 거야?"

여인은 양구호에 대한 좋지 못한 소문을 익히 들었다.

"전, 전 좋아하는 사람이 있어요."

"그런데?"

"네?"

"누가 좋아하지 말라고 그랬나?"

여인은 무슨 뜻인지 모르는 표정으로 눈을 껌벅였다.

"그 남자, 계속 좋아하시고 나도 좋아해 달란 말이지."

"그럴 수는 없습니다."

"그럼 오늘 하루만 좋아해 줘도 되고."

그 속뜻을 깨닫자 여인은 사색이 되었다.

"전 그 사람과 혼인하고 싶습니다. 오랫동안 서로 좋아했어요. 제발 그냥 보내주세요."

여인의 눈물에 양구호의 음흉한 미소가 더욱 짙어졌다.

"일편단심이다? 그러니까 더 마음에 드는데?"

"도련님! 제발 살려주세요."

"누가 죽인대? 그냥 얘기나 좀 하자고."

주위의 사내들이 키득거렸다.

"제발! 제발 살려주세요!"

짝!

갑자기 양구호가 여인의 뺨을 때렸다.

"내가 살인자야? 왜 자꾸 살려달래?"
짝! 짝!
양구호가 사정없이 여인의 뺨을 때렸다.
"감히 본 공자에게 헛소리를 했으니 벌을 받아야지."
양구호가 여인을 끌고 이층으로 올라갔다.
그런 일이 벌어지고 있었지만 아무도 말리지 않았다. 점소이도 주인도, 몇 남은 손님들도 못 본 척하고 있었다. 함께 온 파락호들의 웃음소리만 넘쳐 났다.
그때 화음신이 천천히 일어났다.
천아진이 나직이 말했다.
"앉아."
여인이 등장했을 때부터 화음신이 동요하기 시작했다는 것을 천아진은 알았다. 같은 여인이기 때문일까? 아니면 단지 악행의 징벌 개념에서일까? 어떤 것이든 화음신이 독자적으로 행동하는 것은 있어서도 안 되는 일이고 바라는 바도 아니었다. 지금 화음신을 말리는 것은 일종의 시험이었다.
둘의 시선이 마주쳤다.
천아진은 절대 물러설 마음이 없었다.
"앉아."
잠시 망설이던 화음신이 자리에 앉았다. 확실히 기분이 나빠졌음을 느낄 수 있었다.
일각 후, 이층에서 양구호가 바지춤을 추스르며 내려왔다.

짝짝짝짝!

밑에서 술을 마시며 기다리고 있던 파락호들이 환호를 지르며 박수를 쳤다. 양구호가 손을 흔들며 마치 대단한 일이라도 해냈다는 듯 의기양양한 표정을 지었다.

그들이 우르르 몰려 나가자 뒤이어 여인이 내려왔다. 뜯겨나간 옷으로 몸을 가린 그녀의 눈에서 눈물이 끝없이 흘러내리고 있었다.

다시 화음신이 일어났다.

"앉아!"

화음신은 앉지 않았다.

"앉으라고……."

퍽!

천아진이 말을 멈췄다.

화음신이 득달같이 달려들어 여인의 머리통에 일장을 내려친 것이다. 여인이 그 자리서 즉사했다.

스윽 고개를 돌린 화음신의 무덤덤한 눈빛을 보는 순간, 천아진이 침을 꿀꺽 삼켰다. 억지로 명령을 내렸다간 자신을 향해 달려들 것 같았다. 지금이야말로 화음신의 복종심을 시험할 순간이었지만 천아진은 감히 그 어떤 명령도 내릴 수 없었다. 신경질적인 반응은 그것으로 끝나지 않았다.

화음신이 천천히 걸어나갔다. 앞서 걸어나간 양구호의 뒤를 따라나선 것이다. 천아진이 말없이 그 뒤를 따랐다.

반 시진 후, 광천문에는 기괴한 소리가 흘러나오고 있었다.

스스스스스.

괴이한 소리를 만들어내는 이는 바로 화음신이었다. 그녀 주위로 수십 구의 시체가 널려 있었다. 화음신을 막으려다가 목숨을 잃은 광천문도들이었다. 특히 여인을 겁탈했던 양구호는 사지가 절단된 채 사방에 널려 있었다.

"으으으."

낮게 깔린 신음과 함께 끔찍한 광경이 펼쳐지고 있었다.

화음신이 중년 사내의 목을 움켜쥐고 있었다. 사내의 입에서 화음신의 입으로 무엇인가가 흐르고 있었다. 아지랑이 같은 열기였다.

꾸우우욱.

열기가 점차 빠져나가며 중년 사내는 점점 찌그러지고 있었다. 말 그대로 그는 종잇조각처럼 구겨지고 있었다. 그는 바로 방금 전, 아들의 죽음에 눈이 뒤집혀져 화음신에게 달려들었던 광천문주였다.

천아진이 질린 표정으로 쳐다보고 있었다.

'흡성대법(吸星大法)!'

일반적인 흡성대법이 아니었다. 내공만을 빨아들이는 것이 아니었다. 화음신은 지금 상대의 정기(精氣)를 송두리째 빨아먹고 있었다. 화음신이 흡성대법을 사용할 줄은 정말 상상도 못했다.

스아아아압.

흡성대법이 막바지에 이르렀다. 화음신의 눈에서 자색의 광채가 뿜어져 나왔다. 마주 보면 눈이 멀 것 같은 그 광채에 천아진이 고개를 돌렸다.

털썩.

화음신의 손에서 이젠 광천문주라 부를 수 없는 그것이 떨어져 내렸다. 그제야 화음신의 입가에 미소가 번졌다.

천아진이 침을 꿀꺽 삼켰다. 화음신은 점점 더 강해지고 있었다. 자신과 사군하가 예상했던 화음신이 아니었다. 마치 가리지 않고 무엇이든 먹어치우는 사막의 괴물처럼 화음신은 하루가 다르게 강해지고 있었다.

앞서 아주 잠깐 화음신에 대한 통제권을 잃었다.

그 결과는 광천문이라는 중소 방파가 차 한 잔 마실 시간에 전멸했다.

만약 통제권을 완전히 잃게 된다면?

천아진은 두려운 마음이 들었다. 이미 보여준 위력만으로도 화음신은 상상 초월이었다. 천마와의 격돌을 지켜보는 내내 단 한순간도 눈을 떼지 못했다.

정말이지, 천마의 신위는 대단했다. 왜 천마가 천마인지를 알 수 있었다. 하지만 화음신은 더욱 강했다. 그 무적의 신위를 발휘하던 천마가 점점 밀렸다. 천마의 그 어떤 마공도 화음신을 죽이지 못했다.

천아진은 마지막 순간 천마를 놓친 것을 안타까워하지 않았다. 오랫동안 기다려 온 요리를 허겁지겁 먹어치우고 싶지 않았다. 천천히 음미하며 맛을 즐길 것이다. 접시 바닥까지 샅샅이 다 핥아 먹을 것이다.

천마를 죽일 수 있다면 구화마공을 배운 모든 천마 일가도 섬멸할 수 있을 것이다. 천마 일가만 제압할 수 있다면 마교를 상대하는 것은 어렵지 않았다. 구파일방을 상대하는 것은 더 쉬웠다. 강호의 지배자가 되는 것은 이제 꿈이 아니었다.

저 화음신만 자신의 통제에 따라준다면.

화음신이 천아진을 보며 해맑게 웃었다. 햇살처럼 눈부신 미소였다.

천아진은 느낄 수 있었다. 화음신의 외모가 더욱 젊어졌음을. 흡성대법 때문일 것이다.

천아진이 나직이 물었다.

"이제 만족스러운가?"

그러자 화음신이 고개를 가로저었다.

천아진이 희미하게 웃었다.

"그래야지."

하지만 천아진은 불쑥 한 장면이 떠올랐다.

강호를 정복한 자신 앞에 서서 여전히 만족스럽지 않다며 고개를 내젓고 있는 화음신의 모습을. 과연 그때는 어떻게 해야 할까?

그래, 나중 일은 나중에 고민할 일이었다. 여전히 화음신은 자신의 통제권 안에 있었으니까.

"이만 가자."

천아진이 돌아섰다.

그 뒤를 따르는 화음신의 눈빛이 묘하게 달라졌다. 여러 감정이 섞여 있었다. 분노와 살기, 공허함. 하지만 적어도 방금 전 천아진을 안심시켰던 순종은 찾아볼 수 없었다.

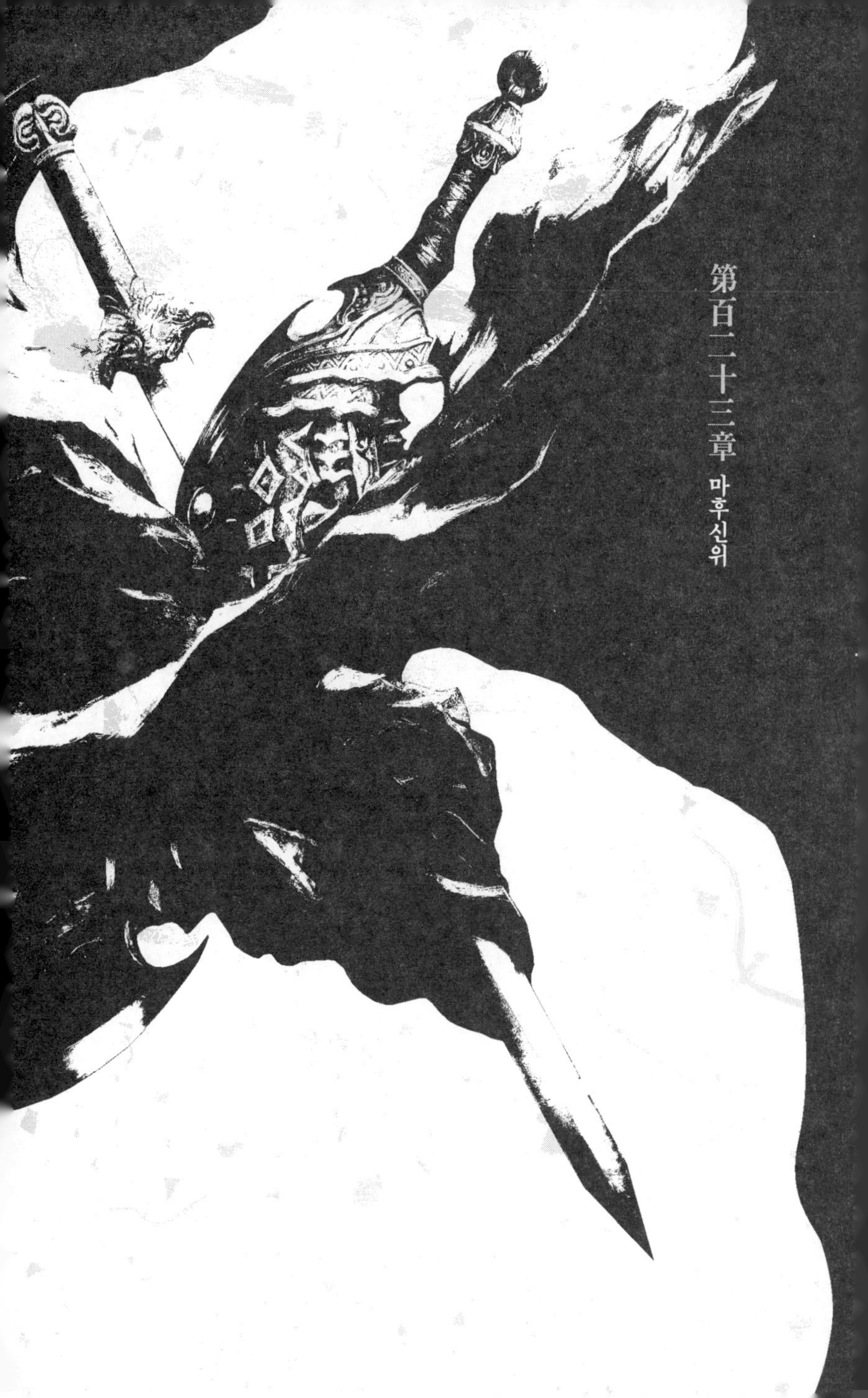

第百二十三章 마후신위

絶代
君臨
절대군림

"…그렇게 된 일이었습니다."

화음신의 탄생 비화를 차련을 통해 듣자 모두들 놀란 표정이었다. 방에는 양화영을 비롯한 세 노인과 적수린 부부가 있었다.

"예전에 들어본 적이 있으셨습니까?"

유설하가 양화영에게 물었다. 자신이야 지난 이십 년간, 변방에서 과일을 팔며 평범한 삶을 살았다. 양화영이라면 알지도 모른다고 생각했다.

하지만 양화영이 고개를 내저었다. 그녀 역시 금시초문이었던 것이다.

그때 냉이상이 불쑥 말했다.

"난 들어본 적 있네."

의외의 일이었다. 모두들 놀란 표정으로 냉이상을 쳐다보았다.

"아주 오래전의 술자리였네. 젊은 시절이었지. 그때 술자리에서 구화마공에 상극이 있다는 이야기를 들었네. 누가 이야기를 했는지는 기억나지 않네만, 지금 생각하니 분명 그 이름이 화음신이었네. 이야기를 꺼낸 이도, 듣던 이들도 그냥 대수롭지 않게 생각하고 넘어갔지. 한데 그것이 실재했다니?"

화음신에 대해 노인은 책을 써서 남겼고, 그 책은 수백 권 필사되어 팔렸다. 구화마공에 대한 책이었기에 마인들이 더 잘 볼 것 같지만 실제로는 정파인들의 입에 더 많이 오르내린 것이다.

"대신 귀령탑에 대해서는 들어본 적이 있지."

양화영의 말에 유설하가 고개를 갸웃했다.

"왜 전 몰랐지요?"

"잊혀진 성지가 된 탓이다. 설마 귀령탑과 관련해 그런 비화가 있을 줄은 몰랐구나."

"전 믿을 수가 없어요. 구화마공의 상극이 존재한다는 것이."

차련의 말을 믿지 못해서가 아니었다. 구화마공에 대한 자부심이 남다른 그녀였기에, 구화마공이 누군가의 무공에 진다고 생각해 본 적이 한 번도 없었다.

그에 비해 양화영은 객관적으로 판단했다.

"화음신을 만들어낸 홍연이란 여인이 일 년 만에 천마혼을 불러냈다고 하지 않았더냐? 그 정도의 천재가 삼십 년간 구화마공에 반하는 무공을 연구한 결과다."

당연히 존재할 수 있다는 말이었다. 유설하는 아무 말도 하지 않았다. 자신도 모르게 마기가 반응하며 천마혼이 꿈틀거렸다.

그때 팔방추괴가 안으로 들어왔다. 뒤따라 들어온 사람은 바로 무영이었다.

상처투성이가 된 무영의 몰골에 모두들 깜짝 놀랐다.

"무당 장문을 비롯해 구파의 여러 문주들이 죽었습니다."

"뭣이?"

무영의 말에 모두들 깜짝 놀랐다.

냉이상이 빠르게 물었다.

"누가 그들을 죽였나?"

적이건이 구파일방의 장문인을 만나러 갔다는 것을 들어서 알고 있었다. 냉이상은 혹시라도 적이건이 그들을 죽였을까 가슴이 조마조마했다. 만약 그렇다면 이제 돌이킬 수 없는 길로 들어선 것이다. 그 불안한 마음은 차련이나 적수린도 마찬가지였다.

"화음신입니다."

무영의 대답에 모두들 안도했다.

"건이는 괜찮나요?"

차련이 걱정스럽게 물었다.

"다행히 위험한 고비를 넘기시고, 지금은 무사하십니다."

무영의 말에 유설하의 눈빛이 가늘어졌다.

"위험한 고비?"

"구파의 가주들을 상대하느라 내력이 부족한 상태였습니다."

유설하의 표정이 살짝 풀어졌다. 하지만 이어지는 말에 그녀의 표정이 다시 굳어졌다.

"결국 천마혼을 불러냈지만 역부족이었습니다."

"뭣이?"

그 말에 유설하가 크게 놀랐다.

무영이 다시 한 번 고개를 끄덕여 방금 전의 보고가 한 치의 과장이나 거짓이 없음을 강조했다. 그만큼 화음신이 대단하다는 것을 강조한 것이기도 했다.

잠시 골똘한 생각에 잠겨 있던 유설하가 차분히 말했다.

"화음신에 대해 인정해야 할 것 같군요."

그녀는 마음속의 의심을 깨끗이 지웠다. 천마혼을 불러냈음에도 패배했다는 것은 오직 한 가지 결과만을 말했다. 그것은 확실히 구화마공의 상극이었다.

"건이는?"

"질풍세가로 가셨습니다."
그 말에 유설하와 적수린이 마주 보았다.
유설하가 미소를 지었다.
"역시 내 아들이구나."
"무슨 뜻인가?"
냉이상의 물음에 유설하가 웃으며 대답했다.
"건이는 지금 그것을 제 손으로 없애 버리려는 의지를 보인 겁니다."
"세가주께 무공을 배우겠다고 간 것이란 말인가?"
"그렇지요. 은하유성검식의 대성을 이루러 간 겁니다."
유설하는 확신했다. 누구보다 아들의 성격을 잘 아는 그녀였다. 자신이라도 그런 선택을 했을 것이다.
"하나……."
냉이상은 그렇게 쉽게 대성을 이룰 수 있을까란 말은 꺼내지 않았다. 누구보다 질풍세가의 무공에 대해 잘 알고 있는 그였다. 물론 적이건이라면 언젠가 대성을 이룰 것이다. 하지만 그 언젠가가 적어도 내일이나 한 달 후는 절대 아니란 점이었다.
냉이상이 적수린을 쳐다보았다.
적수린이 그런 냉이상의 마음을 이해한다는 눈빛으로 가만히 고개를 한 번 끄덕여 보였다.
양화영이 적수린에게 물었다.

"가전무공을 속성으로 익힐 방법이 있는가?"

잠시 고민하던 적수린이 고개를 끄덕였다.

"존재하긴 합니다만……."

말 대신 한숨이 이어졌다. 그것으로 충분했다. 그 과정이 얼마나 어려운지 확실히 알 수 있었다.

"이제 놈들이 어떻게 움직일까요?"

유설하는 그 화음신이란 것이 구화마공의 상극이란 점이 마음에 걸렸다.

양화영이 차련에게 물었다.

"배후가 사도맹이라고 했지?"

"네."

잠시 숙고하던 양화영이 단호히 말했다.

"내가 그라면… 가장 먼저 교주를 노릴 것이야."

유설하가 흠칫했다. 마음속 불안을 양화영이 대신 말한 것이다.

그녀가 애써 걱정을 떨쳐 냈다.

"아버진… 괜찮으실 거예요."

그보다 더 든든하게 양화영이 고개를 끄덕였다.

"걱정하지 말거라. 네 아버지는 위대한 분이시다."

유설하가 미소를 지었다. 양화영의 말이었기에 확실히 위안이 되었다.

하지만 그런 그녀의 노력은 곧장 수포로 돌아갔다.

창월단 무인이 와서 또 다른 소식을 전한 것이다. 수하가 나가고 나서도 팔방추괴는 한동안 입을 열지 못했다. 그것이 모두들 긴장시켰다.

이윽고 팔방추괴가 굳은 표정으로 말했다.

"유 교주께서 기습을 당하셨다고 합니다."

순간 유설하의 표정이 굳었다. 장내가 차갑게 얼어붙었다.

유설하가 침착하게 물었다.

"이 사실을 어떻게 아셨죠?"

제아무리 정보에 빠른 창월단이라 해도 아버지의 일에 대해 이렇게 빨리 알아차릴 리가 없었다.

"유 교주께서 직접 저희에게 알려오셨습니다."

"뭐라고요?"

"더불어 신교에 구마령이 내려졌다고 합니다."

유설하의 표정이 완전히 창백해졌다.

그때 적수린이 유설하의 어깨를 감싸 안았다.

"장인어르신께선 괜찮으실 거요."

유설하가 고개를 끄덕였다. 하지만 여전히 그녀의 표정은 굳어 있었다. 특히 이 상황을 아버지께서 직접 알려오셨다는 사실이 마음에 걸렸다. 그것은 자신을 위한 경고였다. 그만큼 상대가 대단하다는.

적수린이 담담히 말했다.

"제가 장인어른을 뵈어야 할 것 같습니다."

그 말에 잠시 멍해 있던 유설하가 퍼뜩 정신을 차렸다.

"여보?"

"다녀오겠소."

유설하와 적수린의 시선이 마주쳤다. 이제 눈빛만으로 생각을 알 수 있는 두 사람이었다. 남편은 지금 아버지를 돕기 위해 나서려는 것이다.

함께 가자는 말을 하지 않았다. 아버지가 패했다면 어차피 자신은 도움이 되지 못했다. 이 상황에 가장 큰 도움이 될 사람은 확실히 남편이었다.

"당신은 기다리면서 며늘아기와 사돈댁을 지켜주시오."

그 말에 차련이 울컥했다. 아직 혼례도 올리지 않았는데, 적수린은 자신을 며느리로 완전히 인정하고 있었던 것이다.

"그럴게요."

"그럼 다녀오겠소."

적수린이 양화영과 냉이상에게도 정중히 인사를 했다.

"조심히 다녀오세요."

차련의 인사에 적수린이 걱정 말라며 환하게 웃어 보였다.

나서려는 그를 냉이상이 불렀다.

"잠깐만."

냉이상이 자신의 검을 그에게 건넸다. 보검까지는 아니더라도 명검이라 불릴 만한 검이었다.

"쓸 만할 거네."

어차피 직접 나서서 도와줄 수는 없는 일이었다. 마교의 일인데다 명예와 자존심이 걸린 일이었다.

적수린이 군말없이 검을 받아 들었다. 성격상 다른 때라면 거절했을 그다. 그만큼 이 일을 중요하게 여긴다는 뜻이었다.

적수린이 그곳을 나가자 잠시 침묵이 흘렀다.

차련의 두 눈이 절로 글썽였다. 혹 천마에게 무슨 일이라도 있을까 걱정되었다. 화음신이 제아무리 구화마공과 상극이라지만 사실 천마에게는 안 통할 줄 알았다. 도우러 간 적수린이 다칠까도 걱정되었다.

부상을 당한 적이건은 이곳에 들르지도 않고 질풍세가로 갔다. 그만큼 상황이 급박하다고 생각했을 것이다.

얼마나 다쳤을까? 제대로 치료는 했을까?

이런저런 걱정이 들었다.

유설하가 그런 그녀를 다독였다.

"너무 걱정 말아라. 너도 보다시피 우리 집안이 그리 호락호락한 집안이 아니지 않느냐?"

"그럼요."

차련이 눈물을 흘리지 않으려 노력하며 미소를 지었다.

유설하가 차련의 손을 잡고 밖으로 나섰다.

"우린 이만 나가서 식사 준비나 하자꾸나."

"네, 어머니."

유설하가 차련을 데리고 밖으로 나갔다.

그렇게 두 여인이 나가자 비로소 냉이상이 속뜻을 밝혔다.

"교주가 당하다니, 참으로 의외입니다."

"그래서 이 강호가 재미있는 법이지."

침착한 양화영과 냉이상에 비해 천무악의 얼굴이 붉게 달아올라 있었다. 그는 천마를 마음 깊이 존경하는 마인이었다. 그는 용암처럼 끓어오르는 분노를 애써 다스렸다.

그때 또 다른 급한 소식이 전해졌다.

"침입자입니다."

팔방추괴가 깜짝 놀랐다.

"상대가 누군가?"

"여인이 단독으로 정문을 부수고 들어왔습니다."

"화음신이군!"

모두들 그 말에 동의하며 고개를 끄덕였다.

양화영이 웃으며 말했다.

"과연 대단하군. 이곳으로 직접 쳐들어올 줄이야. 그것도 혈혈단신으로 말이지."

그에 비해 냉이상의 인상이 굳어졌다.

"설마 선배님이나 저희가 있다는 것을 알면서도 왔을까요?"

"그렇진 않겠지. 하나 누가 있던 상관없는 것 같군."

양화영은 이 상황이 흥미로운 듯 보였다.

팔방추괴가 보고를 한 수하에게 빠르게 명령을 내렸다.

"화 장주에게 모든 진법과 기관을 작동시키라고 전하라."

"네."

"또한 모든 창천문도들을 화음신과 대적하지 말고 진법 뒤로 대피시켜라."

어차피 상대가 화음신이라면 신풍대의 무인들로 대적하는 것은 무의미한 희생만 낼 뿐이었다.

"정 문주 식솔들과 설 소저는?"

"이미 유 부인과 정 소저가 있는 곳으로 대피시켰습니다."

"그럼 됐다."

곧이어 또 다른 보고가 도착했다.

"정문의 기관이 모두 파괴되었습니다."

신풍장에서 창천문으로 이어지는 그 긴 통로의 기관을 의미했다.

팔방추괴가 혹시나 하는 마음으로 물었다.

"상대의 피해는?"

"전무합니다."

"역시."

팔방추괴가 깊은 신음성을 냈다. 기관으로 상대를 막을 수 있으리라곤 생각지 않았다. 하지만 상대의 돌파 속도가 너무 빨랐다.

곧이어 숨 돌릴 틈도 없이 보고들이 이어졌다.

"기화구궁진이 파괴되었습니다."

"뭣이?"

팔방추괴가 깜짝 놀랐다.

물론 진법이 파괴될 수도 있었다. 하지만 그 시간이 너무나 빨랐다. 그야말로 번갯불에 콩을 볶고 있었다.

다시 숨 돌릴 틈도 없이 새로운 보고가 날아들었다.

"오행칠성진이 파괴되었습니다."

"뭣이?"

팔방추괴가 불신에 찬 두 눈을 부릅떴다.

그의 심정을 냉이상이 대신했다.

"빨라도 너무 빠르군."

적이건이 아니라 양화영이 뚫고 들어온다 해도 이렇게 빠를 수 있을까란 생각이 들 정도였다.

이대로라면 마지막 대라명왕진이 뚫리는 것도 시간문제였다. 물론 이렇게 쉽게 뚫리진 않을 것이다. 앞의 두 진법과는 비교할 수 없을 정도로 강력한 진법이었으니까.

팔방추괴가 양화영을 응시했다. 양화영이 나서야 할 순간이 온 것이다.

바로 그때였다.

"제가 다녀오겠습니다."

천무악이 대답을 기다리지 않고 발걸음을 옮겼다.

지금껏 양화영과 냉이상과 함께 있으며 잔심부름을 마다 않던 그다. 하지만 그는 마검이었다. 호랑이가 이를 드러내지 않는다고 고양이가 되진 않는 법.

양화영과 냉이상은 그를 말리지 않았다. 지금 그를 말리는 것은 옳지 않았다. 그를 더욱 자극할 뿐이었다. 더구나 천마의 일을 들은 상황이었다. 그는 단순한 호승심으로 나선 것이 아니었다. 그렇다고 그냥 그만 보내는 것은 더욱 옳지 않았다.

양화영이 기지개를 켜며 말했다.

"오랜만에 좋은 구경이나 해볼까?"

그녀 뜻을 짐작한 냉이상이 웃으며 만류했다.

"화음신이 아니라 화음신 할애비가 왔어도 선배님까지 나가실 필요는 없지요. 제가 다녀오겠습니다."

"그러실 텐가?"

냉이상이 미소로 대답을 대신했다.

냉이상이 뒤따라 나가자 양화영이 하품을 하며 낫으로 머리를 긁적였다.

그에 비해 팔방추괴의 마음은 왠지 불안했다. 군사 특유의 불안함이었다. 물론 마검과 벽력검의 무위가 얼마나 대단한지는 잘 알고 있었다. 그에 비해 화음신은 말로만 듣던 존재이다. 그럼에도 부족한 느낌이 드는 것은.

'역시 선공을 당해서겠지.'

꽈아앙! 꽝!

멀리서 폭음 소리가 연이어 들려왔다.

천무악과 화음신의 일전이 시작되었다는 것을 알 수 있었다.

"쉽지 않은 싸움이겠지요?"

팔방추괴의 물음에 양화영이 묵묵히 고개를 끄덕였다.

몇 번의 폭음이 들려온 후.

쿠르르릉!

마른하늘에 천둥소리가 들렸다.

양화영의 눈이 가늘어졌다.

"벌써?"

냉이상이 출수했다는 뜻이다. 마검이 화음신을 당해내지 못할 수는 있다. 하지만 그 시기가 너무 빨랐다.

꽝! 콰르릉!

잇달아 천둥소리가 울려 퍼졌다. 천둥소리는 점점 작아지고 있었다. 그 말은 더욱 상승의 벽력검이 펼쳐지고 있다는 뜻이었다. 극성의 벽력검은 소리가 나지 않는다고 알려져 있었다.

천둥소리가 완전히 사라졌을 때, 양화영도 그곳에서 사라졌다.

천무악은 절대 방심하지 않았다.

구파의 장문 넷을 죽이고 적이건마저 패배시킨 상대이다. 객관적으로 분명 자신이 약세였다. 그럼에도 천무악은 나서야만 했다. 이런 상황에서 참는다면 자신은 마검이 아닐 테니까.

자신의 인생에서 최고의 강적을 만났다는 심정으로 화음신을 기다렸다. 자신을 향해 걸어오는 화음신은 자신의 상상 이상이었다.

딱 보는 순간 불길함을 느꼈다. 그야말로 세상의 모든 부정적인 기운을 모두 모아놓은 것 같았다.

그런 화음신이 환하게 웃었다.

천무악은 그 웃음에 담긴 음습함에 몸서리쳤다. 절로 두 다리와 양팔에 힘이 들어갔다.

"요상한 년이군."

천무악이 마음을 다스리며 나직이 내뱉었다.

화음신이 더욱 환하게 웃었다.

"갈기갈기 찢어주마!"

선공을 한 쪽은 천무악이었다.

천무악이 허공을 박차 오르며 검을 내질렀다. 그의 독문무공인 아수라파천검이 펼쳐졌다.

쇄애애애애액!

회오리를 일으키며 자색의 강기가 화음신이 서 있던 공간을 찢었다.

퍼퍼퍽!

화음신이 피하지 못하고 그대로 쓰러졌다.

예상 밖의 결과에 천무악이 순간 놀랐다. 첫 수에 당할 줄 몰랐던 탓이다.

천무악이 조심스럽게 다가가 쓰러진 화음신을 내려다보았다.

강기가 연속으로 몸에 적중했는데, 그녀의 몸에는 상처가 없었다. 옷 또한 찢어진 곳이 없었다.

흠칫 놀란 천무악이 뒤로 물러서려는데,

번뜩 화음신이 눈을 떴다.

두 사람의 시선이 딱 마주치자 화음신이 씩 웃었다.

쇄애애애액!

천무악의 두 번째 공격이 그녀가 있던 곳으로 내리꽂혔다.

꽈아앙!

부서진 것은 화음신이 쓰러져 있던 땅바닥이었다.

파아아아아앙!

엄청난 파공음이 천무악의 머리 위에서 들려왔다.

화음신은 천무악의 머리 위에 떠 있었다.

천무악이 몸을 틀며 검을 내질렀다.

꽈아앙!

두 사람 사이의 허공에서 폭음이 터졌다.

다음 순간,

퍼억!

천무악이 폭발에 휩쓸려 뒤로 튕겨졌다. 내력 싸움에서 그대로 밀린 것이다.

천무악이 바닥에 처박힌 순간, 화음신이 매처럼 빠르게 하강하며 두 팔을 휘둘렀다.

파앙! 팡! 팡팡팡!

천무악이 바닥을 뒹굴었다. 괴조의 공격을 받은 것처럼 땅바닥이 길게 찢겨졌다. 천무악이 그야말로 아슬아슬하게 공격을 피해냈다.

하지만 이어지는 화음신의 공격은 더욱 빨라졌다. 천무악은 그 속도를 감당할 수 없었다.

"크! 크악!"

연이어 비명을 내지른 천무악이 호신강기를 끌어올리며 두 팔로 얼굴을 감쌌다.

벼락처럼 빠르게 달려든 화음신이 그 위에 올라탔다.

퍽! 퍽! 퍽!

천무악의 양팔에서 핏물이 튀었다. 화음신의 양 손가락이 그의 호신강기를 종잇장처럼 찢었다.

"으아아아아!"

마검이란 명성을 얻은 후, 처음으로 내지른 비명이었다. 죽음이 두려워서가 아니었다. 상대의 존재감에 대한, 이 이상한 상대에 대한 본능의 울부짖음이었다.

꽈아악!

화음신이 천무악의 팔을 움켜쥐었다. 단박에 잡아 뜯을 기세였다.

슈아아아앙!

그때까지도 놓치지 않고 꼭 쥐고 있던 천무악의 검에서 다시 검강이 폭사되었다. 공격을 당하면서도 이 순간만을 노리고 있었다.

꽈아앙!

쇳덩이 터지는 소리와 함께 화음신의 얼굴이 크게 젖혀졌다. 천무악은 이번 공격에 화음신이 어떤 타격을 입었으리라 기대했다. 하지만 화음신은 그의 기대를 무참히 배신했다. 화음신은 뒤로 튕겨 나가지도, 그렇다고 부상을 당하지도 않았다.

화음신이 뒤로 젖혀진 고개를 앞으로 숙였다. 마치 일부러 맞아줬다는 듯 화음신은 웃고 있었다.

천무악은 절대 이 화음신을 이길 수 없다는 것을 깨달았다. 이건 고수에게 실력이 부족해서 패배하는 그런 싸움이 아니었다. 절대 싸워서는 안 될 상대와 싸우는 기분이었다. 거대한 늪을 향해 검을 찔러 넣고, 흩어지는 연기를 향해 주먹을 휘두르는 싸움이었다.

천무악이 내력을 극한으로 끌어올렸다. 절대 지더라도 이대로 질 수는 없었다.

"죽어! 이 괴물아!"

회심의 일격이었다. 그에 비해 화음신은 너무 쉽게 그것을 막았다.

꽈아악.

천무악의 손목이 화음신에게 붙잡혔다.

팡팡팡팡팡!

화음신의 손바닥이 천무악의 몸통을 두드렸다.

천무악을 경악시킨 것은 자신의 마지막 공격이 너무나 허무하게 실패했기 때문이 아니었다. 온몸이 꼼짝할 수 없도록 제압당해서가 아니었다. 이대로 죽게 되리란 공포심 때문이 아니었다.

천무악의 입이 저절로 벌어졌다.

우우우우웅.

그곳을 통해 무엇인가 빠져나가기 시작했다.

천무악의 얼굴이 창백해졌다.

"이게 무슨?"

내공이었다. 무서운 속도로 단전에서 내력이 빠져나가고 있었다.

"흡성대법?"

분명 흡성대법이었다.

"안 돼!"

천무악이 비명을 지르며 발작하듯 온몸을 비틀었지만 평생 그의 말을 잘 들어줬던 몸은 손가락 하나 까닥하지 않았다. 벌어진 입에서 나온 말이라 말소리가 기괴하게 들렸다. 그래서 더 절박하게 들렸다. 마치 그 괴로움을 즐기려는 듯 화음신은 그의 아혈을 제압하지 않은 듯 보였다. 머리가 어지러웠다. 내공뿐만 아니라 다른 무엇인가도 함께 빨려 나가는 것 같았다.

우우우우웅!

기분 좋은 그녀의 눈빛을 보며 천무악이 절망했다.

절체절명의 순간,

퍼억!

무엇인가에 강타당한 화음신이 옆으로 튕겨져 날아갔다. 빛처럼 빠르게 쇄도해 화음신을 무릎으로 강타해 날려 버린 이는 바로 냉이상이었다.

"괜찮나?"

천무악은 괜찮지 않았다. 이렇게 허무하게 화음신에게 제압을 당한 것도, 그 짧은 순간에 내공의 절반이나 빨린 것도, 그녀에게 느낀 그 무기력함도, 그 모든 것은 평생 잊을 수 없는 수치였고 악몽이며 공포였다.

파파파파팍!

냉이상이 지풍을 날려 천무악의 마혈을 풀어주었다.

냉이상은 천무악을 도우러 뒤따라 나왔을 때만 해도 마음이 느긋했다. 검을 적수린에게 주는 바람에 다른 검을 챙겨 와야 했다. 그 정도야 충분히 버틸 수 있을 것이라 생각했다. 그래서 자신과 합공하면 화음신 따윈 그 자리서 찢어버릴 수 있을 줄 알았다.

그러나 직접 본 화음신의 존재감은 지금껏 봐온 그 어떤 것보다 사이했다.

저 멀리 튕겨져 나갔던 화음신이 천천히 일어났다.

기습에 튕겨져 날아갔음에도 화음신은 전혀 화를 내지 않고 있었다. 오히려 화가 나는 것은 자신이었다. 화음신을 보는 것만으로 불쾌한 기분이 들었다.

"잠시 물러나 쉬게."

"조심하십시오. 저년이 흡성대법을 썼습니다."

냉이상이 고개를 끄덕였다. 마지막에 천무악이 당하고 있는 모습에서 그것을 알아차렸다.

흡성대법이라니? 정파무림은 물론이고 마교에서조차 사용을 금한 무공이 바로 흡성대법이었다.

흡성대법은 익히기도 힘들었지만 그것을 운용하기는 더욱 힘들었다. 무조건 내공을 빨아대기만 한다고 능사가 아니었다. 문제는 흡수한 내력을 자신의 것으로 만드는 일이었다. 그것이 가장 중요하고 어려운 과정이었고, 절대 쉽지 않은 일이기도 했다. 내공마다 그 성질이 각기 다르기 때문이었다. 맞지 않는 내공을 흡수하면 오히려 기존의 내공과 충돌해서 주화입마에 빠지기 십상이었다.

하지만 화음신은 상대 내공의 성질을 가리지 않았다. 그녀의 흡성대법은 기존의 그것과 완전히 차원이 달랐다. 그녀 자체가 그렇듯이.

더 맛있는 음식을 본 미식가처럼 화음신이 냉이상을 보며 환하게 웃었다.

차앙!

냉이상의 검이 경쾌하게 뽑혀 나왔다.

"조심하십시오!"

뒤에서 천무악이 다시 한 번 경고했다.

방심하지 않은 천무악이 단 삼십 초를 버티지 못했다. 조심 정도로 부족했다. 지니고 있는 모든 절기를 쏟아부어야 할 것이다.

냉이상은 한 가지에 기대를 걸었다. 화음신은 구화마공과 상극의 무공을 익히고 있다고 했다. 천무악이 이토록 허무하게 진 것도 그와 관련이 있지 않을까? 모든 마공을 압도하는 구화마공의 상극이니 다른 마공에도 지배력을 미치는 것이 아닐까란. 만약 그런 것이라면 상대할 자신이 있었다.

"어디 덤벼보거라!"

화음신은 제자리에 서서 멀뚱히 냉이상을 쳐다볼 뿐이었다.

"오지 않는다면 내가 가마!"

말이 끝나는 순간,

쉬잉—!

시원한 바람 소리와 함께 냉이상이 화음신이 서 있던 뒤쪽에 서 있었다.

자신의 검을 내려다보는 냉이상의 표정이 굳어 있었다.

"피했다?"

방금 전 한 수는 자신의 성명절기인 벽력검은 아니지만, 자신이 평소 즐겨 쓰는 쾌검식이었다. 강호에서 이 한 수를 피할 수 있는 이들은 손에 꼽을 수 있었다.

'그것도 웃으며 피해?'

냉이상은 분명 보았다. 자신의 검을 피하던 화음신의 미소를.

징―

검이 무겁게 울었다.

"그래, 이 정도는 되어야 상대할 맛이 나겠지."

냉이상이 허공으로 쇄도했다.

화음신이 말없이 그 모습을 올려다보았다.

번쩍!

꽈르르릉!

마른하늘에 천둥이 쳤다.

벽력검이 펼쳐진 것이다.

절대 피할 수 없는 일격이었다.

퍽!

머리통에 꽂힌 벼락같은 일검에 화음신이 그대로 앞으로 꼬꾸라졌다.

바닥에 얼굴을 처박은 화음신을 보면서 냉이상의 표정은 오히려 더욱 굳어졌다.

얼얼한 손바닥의 감촉에 기분이 좋지 않았다. 상대를 베었을 때의 그 깔끔한 손맛이 아니었다. 검이 바뀌어서가 아니었다.

과연 화음신이 천천히 자리에서 일어났다. 칠성에 달하는 벽력검에 적중당하고도 화음신은 멀쩡했다.

"일부러 당했구나!"

그 말을 인정이라도 하는 듯 화음신이 다시 웃었다.

냉이상이 검을 강하게 움켜쥐며 내력을 끌어올렸다.

"내게 한 번 더 기회를 준 것을… 후회하게 될 것이다."

꽈르르르릉! 꽈르릉! 꽈릉!

연달아 천둥이 쳤다.

살아 꿈틀대는 벽력이 연이어 그녀의 몸을 향해 내리꽂혔다.

퍽! 퍽! 퍽퍽!

훈련용 나무 인형을 두들기듯 벽력이 연이어 화음신을 강타했다. 일부러 안 피했든 피하지 못한 것이든 상관없었다. 평생의 절기가 그렇게 쏟아져 나왔다.

"이제 끝이다!"

천둥소리는 이미 그쳐 있었다.

극성의 벽력이 담긴 강기가 화음신을 향해 날아들었다.

꽈아아앙!

천지를 흔드는 폭음이 들렸다.

동시에 냉이상은 절망했다. 만약 제대로 적중했다면 이런 소리가 들리지 않았을 것이다. 과연 그것을 증명하듯이.

휘이익.

무엇인가 뒤에서 자신의 목을 감아왔다.

"조심하십시오!"

천무악의 경고가 들려왔다. 하지만 이미 한발 늦은 것이었다.

"크!"

냉이상이 짤막한 비명을 내질렀다.

팡팡팡팡팡!

화음신이 등 뒤를 연속으로 찔러왔다. 앞서 천무악의 가슴을 두들기던 그 한 수였다.

온몸의 힘이 쭉 빠지며 냉이상이 축 처졌다.

'망할!'

냉이상은 방심했다. 방심하지 않았지만 방심했다. 그것은 계속 자신의 공격을 맞아준 화음신의 거만한 싸움 방식 때문이었다. 냉이상의 잠재의식은 극성의 공격까지 화음신이 맞아줄 것이라 생각한 것이다.

하지만 화음신은 자신이 극성으로 벽력검을 날릴 때만을 기다리고 있었다. 마지막 한 수를 쏟아붓는 그 순간의 방심만을 노리고 있었다.

반대로 말하면 극성의 벽력검을 감당하지 못한다는 뜻이기도 했다. 냉이상은 후회가 밀려들었다. 치밀어 오르는 화를 참을 수가 없었다. 냉이상은 모든 것을 자신의 탓으로 돌렸지만 실수라고 하기에는 화음신은 너무나 치밀했고, 그 치밀함을 완벽히 보완할 실력을 지니고 있었다.

허공에서 붙잡힌 채로 냉이상의 입이 벌어졌다.

스스스스스스.

냉이상의 입에서 내력이 빨려 나갔다.

"안 돼!"

천무악이 다시 달려들었다.

쉬이잉!

최상의 상태였을 때도 감당하지 못한 상대이다. 흥분한 천무악의 검은 허공을 갈랐다.

꽈아악!

팡팡팡팡팡!

천무악 역시 화음신에게 제압당했다.

허공에 뜬 채 화음신이 두 사람을 양손으로 들어 올렸다.

스스스스스스.

두 사람의 입에서 정기가 빨려 나가 화음신의 입으로 들어갔다.

전대 천하십대고수와 당대 천하십대고수의 웅혼한 내력이었다. 보통 사람이라면 오히려 단전이 터져 버릴 내공이었다. 하지만 화음신은 마치 묘기를 부리듯 두 사람의 내력을 동시에 빨아들였다.

만족스럽게 웃던 화음신의 표정이 굳어졌다.

놀란 화음신의 두 눈이 커졌다. 누군가 앞 허공에 떠서 가만히 자신을 들여다보고 있었던 것이다.

"맛있나?"

씩 웃는 사람은 바로 양화영이었다.

화음신은 당황해하고 있었다. 이렇게 가까이 다가설 때까지 눈치를 못 챈 것보단 양화영이란 인간이 주는 존재감에 놀란 것 같았다.

꽝!

양화영의 주먹이 화음신의 얼굴을 강타했다. 양손으로 냉이상과 천무악을 움켜쥔 화음신은 그 공격을 막지 못했다.

"크윽."

처음으로 화음신의 입에서 신음이 흘러나왔다. 화음신의 두 눈이 표독스럽게 찢어졌다.

파팡!

화음신이 기습적으로 발을 차올렸다.

양화영이 가볍게 피하더니,

꽝!

양화영의 주먹이 다시 화음신의 얼굴을 강타했다.

"끙!"

다시 화음신의 입에서 비명이 터져 나왔다. 어지간한 공격은 몸으로 다 받아내던 화음신이다. 하지만 이 두 번의 주먹질에는 그 반응이 달랐다.

"여인이 얼굴을 함부로 해서 쓰나?"

양화영이 천천히 주먹을 들어 올렸다.

털썩, 털썩.
양손에 잡혀 있던 두 사람이 바닥에 떨어졌다.
두 사람을 버린 화음신이 뒤로 훌쩍 물러섰다.
양화영이 웃으며 말했다.
"잘 생각했네."
양화영이 양손으로 지풍을 날렸다.
파파파팟!
두 사람이 동시에 마혈이 풀렸다. 조금만 더 늦었어도 진신진기까지 모두 빨려 죽게 되었을 그들이다. 다행히 최악의 상황은 피한 그들이었다.
냉이상이 힘없이 말했다.
"면목없습니다."
"늙어 기력이 떨어져서 그래. 저녁에 뱀이라도 몇 마리 굽자고."
여유로운 농담을 던지는 양화영은 전혀 겁을 먹은 기색이 아니었다.
양화영이 천천히 허공을 걸어 화음신에게 다가갔다.
"어때? 내 것도 먹어보려나?"
화음신이 다시 뒤로 물러섰다. 앞서 맞은 얼굴이 퉁퉁 부어오르고 있었다.
화음신은 분명 겁을 먹고 있었다. 그렇다고 달아나지도 않았다. 마치 생각지 못한 강적의 출현에 당황한 것 같았다. 강자에 대한 위기 본능이 작용하는 것이다.

양화영이 쌍마겸을 뽑아 들었다.

"건이에게 맡길까 했는데, 이대로 둬선 안 되겠군."

그만큼 위험한 존재란 의미였다.

후우우웅!

양화영의 살기를 느낀 화음신의 두 눈에 자색의 광채가 번져 나갔다.

"자네들에게서 얻은 내공을 벌써 다 흡수한 모양이군. 정말 대단하군."

설령 같은 성질의 내력을 흡수했다 해도 그것을 자기 것으로 만드는 데 많은 시간이 걸렸다. 하지만 화음신은 일반적인 상식을 송두리째 뒤집고 있었다.

화음신이 앞으로 걸어나왔다. 조금 전과는 달리 자신감이 생긴 모습이었다.

양화영이 가소롭게 웃었다.

"배가 부르니 이제 용기가 났느냐?"

화음신이 땅을 박차고 날아올랐다. 난입 후 처음으로 선공을 가한 화음신이었다.

파파파파팍!

화음신이 두 손을 할퀴듯 휘둘렀다. 천무악의 호신강기를 갈기갈기 찢었던 위력이다.

거미줄처럼 촘촘한 공격이었음에도 양화영은 가볍게 공격

을 피했다. 마치 연습 대련을 하는 것처럼 그 합이 척척 맞았다.

화음신이 괴성을 내지르며 더욱 사납게 두 손을 휘둘렀다. 얼핏 보면 흥분해 미쳐 날뛰는 것같이 보였지만, 화음신의 두 눈은 차분하게 가라앉아 있었다.

"오호!"

양화영은 진심으로 감탄했다.

마치 강시처럼 이지를 잃은 것처럼 보이지만, 절대 그렇지 않았다. 그런 척하는 것일 뿐이었다. 날아드는 공격 하나하나가 정교하게 계산되어 있었다.

양화영이 번뜩이는 공세의 허점으로 몸을 쑥 집어넣었다.

쇄애애액!

콰악!

낫이 화음신의 어깨에 박혔다.

파파팍!

화음신의 어깨에서 피가 튀었다. 화음신의 호신강기가 그대로 찢어진 것이다.

"크아앙!"

화음신이 야수처럼 소리를 내지르며 뒤로 몸을 날렸다.

뒷걸음질을 치며 화음신이 고통스런 얼굴로 어깨를 만졌다. 그녀의 손가락 사이로 붉은 피가 흘러내렸다.

양화영은 서두르지 않았다. 마치 야수를 사냥하는 노련한 사냥꾼처럼 정성껏, 조심스럽게 화음신을 몰아붙이고 있었다.

지켜보던 냉이상이 안도의 한숨을 내쉬었다.

'역시 대단하구나!'

양화영의 실력에 다시 한 번 감탄했다.

지난 이십 년간, 그녀의 실력을 제대로 확인할 기회가 없었다. 그저 단편적으로 그녀의 실력을 엿봤을 뿐이다. 오늘 왜 양화영이 지존마후라 불렸는지 확실히 알 수 있었다. 저 미친 화음신이 겁을 먹고 뒷걸음질을 치는 것은 냉이상에게는 정말이지 통쾌한 장면이었다.

휘리리리리릭.

양화영의 양손에서 쌍마겸이 천천히 회전하기 시작했다.

화음신의 시선이 낫이 만들어내는 회전에 고정되었다.

쇄애애애액!

낫 하나가 허공을 갈랐다.

퍼억!

화음신의 어깨에 박혔다.

"크아아악!"

분명 낫에 온 신경을 기울이고 있었지만 화음신은 그 공격을 피하지 못했다.

쇄애애액!

퍼억!

두 번째 낫이 어김없이 화음신의 반대쪽 어깨에 박혔다.

화음신이 고통에 찬 비명을 질렀다. 팔에 힘이 빠졌는지 낫을 뽑아내지 못했다.

"아아아!"

이번에는 천무악의 입에서 절로 감탄이 터져 나왔다. 그 역시 어려서부터 지존마후에 대한 유명한 영웅담을 지겹도록 듣고 자란 세대였다. 하지만 직접 보니 그 느낌이 완전히 달랐다. 눈물이 날 정도로 강했다. 저 화음신이 앞서 자신과 싸웠던 그 무시무시했던 화음신이 맞는지 의문이 들 정도였다.

양화영이 화음신을 향해 손을 내밀었다.

찌이이이익.

어깨에 박혀 있던 쌍마겸이 천천히 화음신의 살을 찢으며 내려왔다.

파파파팍!

시뻘건 피가 사방으로 튀었다. 쌍마겸은 마치 살아서 제 힘으로 움직이는 것만 같았다.

"으아아아아아아아!"

패배를 인정하는 화음신의 비명이었다.

고통을 참지 못한 화음신이 무릎을 꿇었다.

양화영이 천천히 화음신에게 다가갔다.

화음신이 양화영을 올려다보았다. 모든 것을 포기한 표정이었는데, 두 눈에서는 자색의 광채가 꿈틀거리고 있었다.

양화영이 담담히 말했다.

"후세에는 평범하고 행복한 생으로 태어나기를!"

양화영이 천천히 손을 들었다. 일장에 머리를 부숴 버리려는 바로 그 순간, 힘이 들어가던 양화영의 손이 멈칫했다.

순간 그녀의 본능이 말했다.

절대 죽이면 안 돼!

자신에게 지존마후란 별호를 안긴 타고난 본능이었다. 지금껏 단 한 번도 자신을 배신한 적이 없는 본능이었다.

양화영의 눈빛이 깊어졌다. 그녀가 화음신을 응시했다. 화음신의 두 눈에서 뿜어져 나오는 자색의 광채는 더욱 짙어져 이제는 붉은 기운을 내뿜고 있었다.

화음신은 자신을 죽여주기를 원하고 있었다. 그것도 간절히.

자포자기가 아니었다. 껍데기는 죽어가고 있는데 알맹이는 더욱 강해지고 있는 느낌, 알맹이의 어떤 무서운 것이 나오도록 도와주는 그런 더러운 기분.

파팍!

양쪽 어깨에 박혀 있던 쌍마겸이 동시에 뽑혔다.

양화영이 그것을 허리춤에 채웠다.

냉이상이 놀라 소리쳤다.

"왜 그러십니까? 저것을 끝장내십시오!"

그것을 더욱 바라는 것은 화음신이었다.

"크아아아!"

괴성을 내지르며 화음신이 달려들었다.

꽉!

양화영이 화음신의 목을 움켜쥐었다. 화음신은 방금 전까지 그 무기력하던 그것인가 싶을 정도의 광기를 뿜어내고 있었다.

팡! 팡! 파파파팡!

화음신이 두 손을 휘둘러 양화영의 호신강기를 두들겼다. 위력은 처음의 그것과 마찬가지였다. 쌍마겸에 의한 어깨의 상처는 벌써 회복되어 있었다.

잠시 화음신의 발작을 지켜보던 양화영이 다른 손을 내뻗었다.

퍼어억!

화음신이 뒤로 날아가 바닥을 뒹굴었다.

치명적인 공격이 아니었기에 화음신이 벌떡 일어났다.

그사이 양화영이 냉이상과 천무악을 양 옆구리에 끼고 반대 방향으로 몸을 날렸다.

"대체 왜 저것을 죽이지 않으시는 겁니까?"

냉이상의 물음에도 양화영은 아무 말도 하지 않았다.

쉬이이익!

무서운 속도로 화음신이 추격해 왔다.

양화영이 한발 먼저 화원을 훌쩍 넘어가자,

우우우우우웅!

잠시 멈춰 있던 대라명왕진이 발동했다.

뒤이어 따라온 화음신이 망설이지 않고 대라명왕진으로 뛰어들었다.

쿵! 쿠우웅!

마치 지진이 난 것처럼 진법이 진동했다.

대라명왕진 뒤쪽에 팔방추괴와 화무철이 기다리고 있었다.

양화영이 화무철에게 물었다.

"얼마나 버티겠나?"

"이각은 충분히 버틸 겁니다."

이번에는 팔방추괴에게 물었다.

"그 안에 모두들 달아날 수 있나?"

그러자 팔방추괴가 대답했다.

"물론입니다. 이런 경우를 대비한 비밀 통로가 있습니다."

"지금 당장 창천문도 모두를 탈출시키게. 자네들도 모두."

잠시 양화영을 응시하던 팔방추괴는 더 이상 이유를 묻지 않았다. 유리한 싸움을 접고 이런 결정을 내렸을 때는 분명 어떤 이유가 있을 것이라 생각했다.

"알겠습니다."

팔방추괴와 화무철이 어딘가로 뛰어갔다. 비상종이 울렸고, 창천문도들의 대피가 시작되었다. 평소 훈련해 온 대로 민첩

하게 움직였다.

냉이상이 차분히 물었다.

"왜 안 죽이신 겁니까?"

이제야 양화영이 차분히 대답했다.

"죽여선 안 될 것 같았네."

"네? 왜요?"

"그냥 직감으로."

냉이상과 천무악이 진지한 표정을 지었다.

양화영을 믿으니 그녀의 직감도 믿었다. 하지만 이해할 수 없었다. 아까의 상황은 완벽히 화음신을 죽일 기회였다. 직감을 믿고 살려두기에는 너무 위험한 존재였다.

냉이상이 심각한 어조로 말했다.

"흡성대법으로 저것은 점점 더 강해질 겁니다."

원망이라기보단 걱정이었다.

묵묵히 고개를 끄덕인 후 만난 이후 가장 자신없는 표정으로 양화영이 말했다.

"아까의 그것은… 화음신이 아니었네."

*　　*　　*

이각 후, 양화영의 텃밭에 천아진이 서 있었다.

텃밭을 바라보는 그에게 방갓사내 하나가 달려왔다.

"완전히 텅 비었습니다. 모두 달아났습니다."

천아진이 고개를 끄덕였다.

창천문은 방갓사내들에게 완전히 접수된 상황이었다. 창천문 곳곳을 뒤졌지만 특별한 것은 없었다. 중요한 것은 모두 챙겨서 달아난 후였다.

천아진이 한옆의 평상에 걸터앉았다. 하늘을 올려다보며 그가 기분 좋게 웃었다.

"후후후. 모두 달아났단 말이지?"

이곳에 누가 있는지 그는 잘 알았다. 특히 이곳에 양화영이 있다는 정보를 알았을 때, 그는 몇 번이나 공격을 망설였다. 전략상 이곳의 공략은 중요했다. 적이건을 비롯해 유설하와 적수린을 확보하는 것이 마교 공략의 핵심 작전 중 하나였다. 하지만 다른 사람은 몰라도 지존마후는 그야말로 전설 중의 전설이었다.

한편으로 호승심도 생겼다. 양화영을 넘어서지 못하면 어차피 대업을 이룰 수 없었다. 불안 반, 기대 반으로 화음신을 보냈는데 결과는 기대 이상이었다. 양화영을 죽이지 못한 것이 아쉬울 뿐이었다.

싸움을 직접 보지 못했기에, 천아진은 마지막 싸움에서의 일을 알지 못했다. 화음신의 그 깊었던 상처는 거의 아물어 있었고, 이제는 들어갈 때와 변함없는 모습이었다. 그 자신조차도 앞서 자신이 처한 상황과 상태에 대해 기억하지 못하는 듯 보였다.

천아진이 텃밭 한옆에 오도카니 서 있는 화음신을 쳐다보았다. 그냥 봐서는 그냥 평범한 여인이었다.

'서둘지 말아야 한다.'

사실 그의 마음은 급했다. 원래라면 이렇게 급할 일이 없었다. 모든 것이 다 화음신 때문이었다. 화음신은 하루가 다르게 달라지고 있었다.

"이리 와!"

화음신이 지체없이 걸어와 그 앞에 섰다.

천아진이 화음신의 어깨를 만졌다. 화음신이 출도 이후 처음으로 입은 상처였다.

"잘했다."

화음신은 아무 반응도 없었다.

천아진이 화음신을 끌어안았다. 조금은 충동적인 행동이었다.

마치 통나무를 끌어안은 기분이 들었다. 화음신은 여전히 무덤덤한 표정이었다.

천아진이 강제로 화음신에게 입맞춤을 했다. 화음신은 역시 덤덤히 입맞춤에 응했다. 화음신에게 욕정을 느껴서가 아니었다. 왠지 모를 불안감 때문이었다. 그녀에 대한 지배력에 대한 걱정이었다.

차라리 안 하느니만 못한 입맞춤이 끝났다.

천아진이 굳은 얼굴로 말했다.

"제자리로."

화음신이 원래 서 있던 자리로 돌아갔다.

문득 적이건이 마지막에 했던 말이 떠올랐다.

"저 괴물을 네가 감당할 수 있을까?"

천아진이 주먹을 불끈 쥐었다. 할 수 있다고 믿었다. 반드시 해낼 것이다. 아버지를 위해서도, 사군하를 위해서도, 비참하게 죽어간 사도맹의 그 모두를 위해서도.

그때 방갓사내 하나가 다가왔다.

"수색을 모두 끝냈습니다."

더 이상 보고할 것이 없다는 표정이었다. 그 뒤로 다른 방갓사내들이 모여들었다.

천아진이 가타부타 말이 없자 방갓사내가 조금 격앙된 어조로 물었다.

"다 불 질러 버릴까요?"

천아진이 주위를 한 번 돌아보았다. 저 멀리 보이는 거대한 건물들의 규모는 여느 문파와는 비교할 수 없을 정도였다. 태워서 없애 버리기는 아까웠다.

천아진이 천천히 고개를 내저었다.

"그대로 두도록. 대업을 이루면 이곳을 별장 삼아 연회를 열겠다. 하하하하!"

방갓사내들이 주인의 기분을 맞춰주며 함께 웃었다. 웃음이 전염병처럼 퍼져 나갔다. 그들은 기대했다. 천아진이 대업을 이루면 자신들은 중원 곳곳의 지역패자가 되어 여생을 안락하게 살아가게 될 것이다.

웃음이 넘쳐 나는 그곳에 화음신만이 무표정하게 서 있었다.

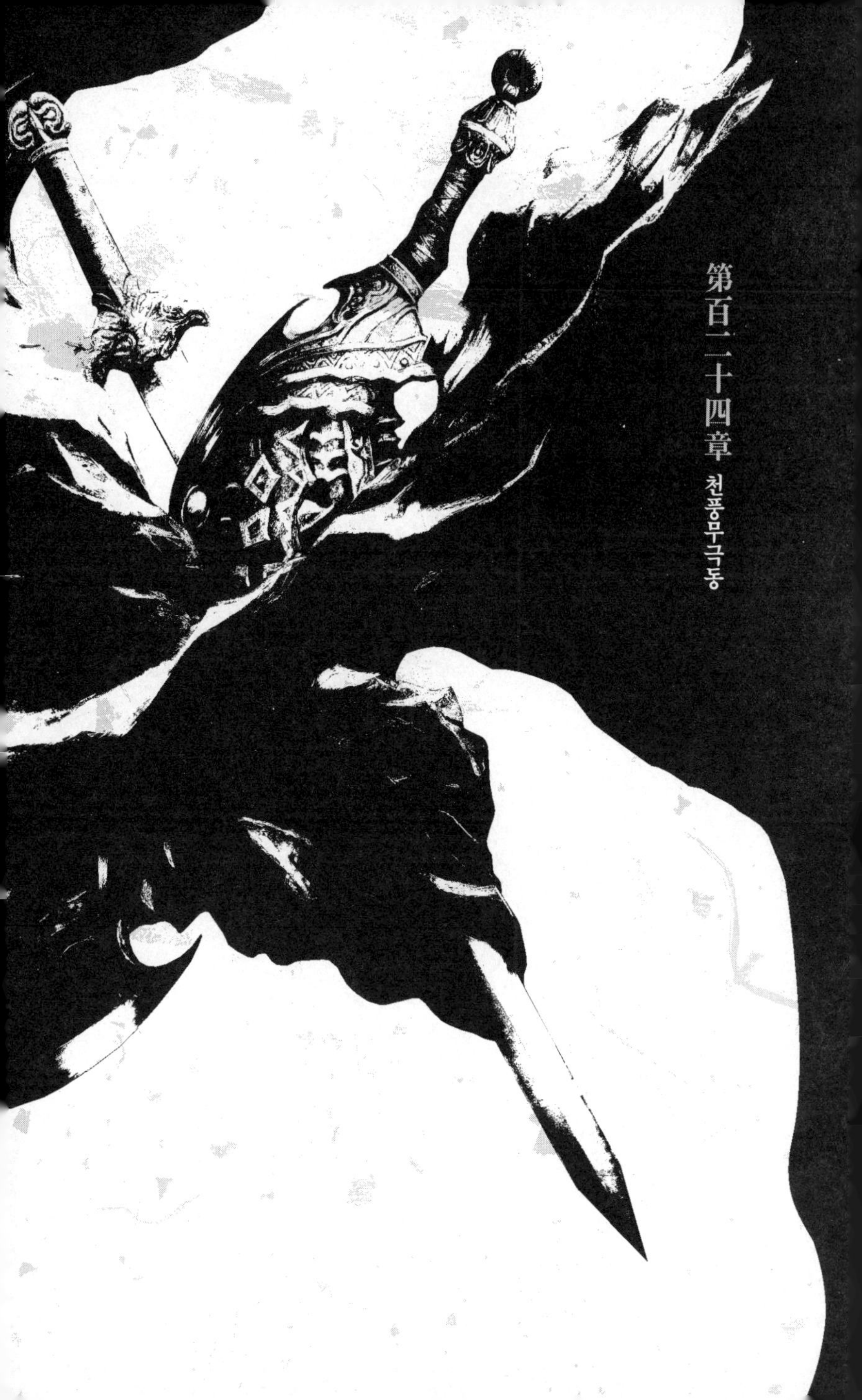

第百二十四章 천풍무극동

적이건과 적풍양이 작은 동굴 앞에 서 있었다. 두 개의 진법을 통과해 도착한 세가의 가장 은밀한 곳이었다.

"바로 이곳이 앞서 말한 그 수련동이다."

적풍양의 말에 적이건이 조심스럽게 동굴을 올려다보았다.

동굴 입구 위에 글귀가 새겨져 있었다.

천풍무극동(天風武極洞).

적이건이 물었다.

"바람과 관련이 있나 본데요."

"본 세가의 이름에도 바람이 들어가 있지 않느냐?"

"아, 그렇군요."

"그리고 도전에 한 가지 조건이 있다."

"뭔가요?"

"들어갈 때 내력을 금제해야 한다."

그럴 것이라 예상했다. 그렇지 않다면 지금까지 한 명도 도전에 성공한 사람이 없을 리 없겠지.

적이건이 스스로 자신의 혈도를 짚어 내공을 금제했다. 어차피 부상에서 채 회복되지 않은 몸이었는데, 그나마 남은 한 줌의 내공도 사용할 수 없게 되었다.

천풍무극동을 바라보는 적풍양의 눈빛에 여러 감정이 겹쳐졌다. 과거 이곳에 도전했던 그때가 떠오른 것이다.

"나 역시 이곳에 도전한 적이 있었지."

"할아버지께서요?"

"그래. 나뿐만 아니라 네 아비도 도전했지. 애초에 없다면 모를까 엄연히 전해오는 수련법이 있는데 어찌 도전해 보고 싶지 않겠느냐? 지금까지 끝까지 통과한 사람이 없다는데, 어찌 무인으로서 호승심이 생기지 않겠느냐?"

"그래서 어떻게 되었습니까?"

적풍양이 조금 씁쓸하게 말했다.

"첫 번째 관문도 통과하지 못했다."

"설마요?"

적이건이 깜짝 놀랐다.

"그럼 아버지는요?"

"역시 첫 관문에서 좌절했다. 그리고는 두 번 다시 도전하지 않았다!"

"헉!"

적이건이 바짝 긴장했다. 할아버지의 성정이야 짐작만 할 뿐이지만, 아버지에 대해서는 누구보다 잘 안다.

아버지가 첫 관문을 못 넘겨? 그 고집스럽고 우직한 아버지가? 그리고 실패했다고 그냥 포기를 해? 그것이 뜻하는 바는 매우 의미심장했다.

"통과한 사람이 아무도 없나요?"

"그렇지는 않다. 내 아버님이 첫 번째 관문을 통과하셨지."

"그렇다면 아주 불가능한 것은 아니군요."

"사 년간 스물일곱 번 도전하셨지."

"헉!"

적이건이 다시 한 번 깜짝 놀랐다. 들어가 봐야 알겠지만 정말 만만한 곳이 아님을 확신했다.

"뭔가 엄청난 것이 기다리고 있겠군요."

대답을 요하는 적이건의 눈빛에 적풍양이 의미심장한 웃음을 지었다.

"들어가 보면 안다."

"그러시니 더 무서운데요?"

"무서운 곳이기도 하고 아니기도 하다."

"네?"

"수련은 힘들지만 언제든 나올 수 있기 때문이다. 아니, 넌 나오게 될 것이다."

"하는 데까진 해볼 겁니다!"

손자의 자신감에 적풍양이 미소를 지었다. 해줄 수 있는 일은 미소와 한마디 격려뿐이었다.

"최선을 다해라."

"그럼 다녀오겠습니다!"

쿠르르릉.

드디어 천풍무극동의 문이 열렸다.

적이건이 천천히 안으로 들어섰다. 어둠 속에서 벽을 더듬으며 한참을 걸어 들어갔다.

얼마나 그렇게 걸었을까?

저 앞으로 밝은 곳이 보였다. 위쪽에서 빛이 들어오는 것인지, 아니면 야명주가 박힌 것인지 알 수 없었지만 그 밝은 공간이 오 장 정도로 이어져 있었다.

쇄애애애애앵!

그곳에서 들려온 것은 바람 소리였다. 예사 바람 소리가 아니라 완전 칼바람 소리였는데 동굴 위에서 아래로 부는 바람이었다.

바람이 아래로 통하도록 바닥은 굵은 철망으로 이뤄져 있었는데, 그 구멍 사이를 지나며 독특한 소리를 내고 있었다.

적이건은 저 바람 소리가 이 동굴의 수련과 관련이 있다는 것을 직감했다.

적이건이 바람 소리가 나는 그곳으로 무심코 한 발을 내딛는 순간,

"끙!"

입에서 절로 비명이 터져 나왔다. 어마어마한 압력이 머리통을 내리눌렀다. 위에서 아래로 바람이 불고 있었다. 마치 태산이 찍어 누르는 것만 같았다.

"끄으응!"

비명 소리가 더 커졌다. 내공없이 버틸 수 있는 바람이 아니었다.

꽉!

적이건이 그대로 꼬꾸라졌다.

"으아아아아아악!"

쓰러진 적이건을 엄청난 압력이 찍어 눌렀다. 제발 잠시만 바람을 멈춰달라고 소리치고 싶었는데 입에서 말이 나오지 않았다. 외마디 비명조차 지를 수 없었다.

적이건이 필사의 힘을 다해 몸의 방향을 틀었다.

바닥에 오징어처럼 눌러진 채 적이건이 필사적으로 몸의 방향을 틀었다.

직각으로 방향을 튼 후 적이건이 옆으로 굴렀다. 처음 걸어

왔던 곳으로 구르기 위함이었다. 그 역시 쉽지 않았다. 몸을 기울일 수가 없었다.

휘이이이이잉!

바람 소리에 귀가 찢겨져 나가는 것만 같았다.

"으으으으으윽!"

정말이지, 너무나 힘들었다. 어지간히 고통스런 것에는 이력이 난 적이건이었지만 훈련이고 나발이고 일단 나가야겠다는 생각뿐이었다.

적이건이 혼신을 다하는 순간,

데구루루.

적이건이 바닥을 굴러 바람의 압력에서 벗어났다.

"우아아아!"

우선 한바탕 괴성을 지른 다음,

"헉헉헉헉헉!"

숨을 거칠게 몰아쉬었다. 정말 끔찍한 압력이었다. 바닥의 철망은 만년한철로 이뤄진 것이었다. 그것을 지탱한 벽 역시 보통 벽이 아니었다.

왜 아버지와 할아버지가 하루도 못 버티고 포기했는지 알 수 있었다.

단 한 발짝 발을 디뎠다가 그대로 압사당해 죽을 뻔했다. 경솔하게 달려서 몸이라도 날렸다면 정말 죽었을지도 모른다는 생각이 들었다.

무공 고하를 떠나 인간은 절대 통과할 수 없는 통로였다. 통로의 길이가 족히 오 장 길이였다. 한 발짝도 움직이기 힘들었는데 그 거리를 지나갈 수 없었다.

구화마공을 대성하고 절세기환까지 복용해 이제 완벽한 육체를 지닌 자신이다. 그런 자신조차 견딜 수 없을 정도니, 젊은 시절의 아버지나 할아버지는 당연히 불가능하게 느껴졌을 것이다. 증조부께서 첫 관문을 사 년 걸려 통과하셨다는 것을 이제야 이해할 수 있었다.

깨끗이 포기하고 다른 방법을 찾으리라 생각했지만 발걸음이 떨어지지 않았다. 다른 방법이 있는데 할아버지가 이곳으로 보냈을 리는 없었다.

"휴."

적이건이 한숨을 쉬며 자리에 주저앉았다.

맞은편 벽 구석에 상자가 하나 놓여 있었다. 열어보니 그 안에 벽곡단이 가득 들어 있었다. 아마도 도전자를 위해 마련해 둔 것 같았다. 냄새를 맡아보니 그리 오래된 것이 아니었다.

누군가 관리를 하는 것일까? 할아버지는 그에 대해선 아무 말씀이 없으셨는데.

상자 뒤쪽 벽에 이런저런 흔적들이 남아 있었다. 깨지고 부서진 흔적들이었다. 주먹 자국도 있었고, 칼자국도 있었다. 아마도 이곳에서 포기한 이들의 분노가 남긴 표시인 듯 보였다.

여기에 아버지나 할아버지의 것도 있겠지?

적이건이 자리에서 일어났다. 도대체 어디서 바람이 이렇게 내려오는지 보려고 고개를 살짝 내밀다가 칼처럼 내리 찍히는 바람에 소스라치게 놀라 뒤로 물러섰다. 귀 끝이 떨어질 것같이 아렸다. 하마터면 잘려 나갈 뻔했다.

한참을 멍하니 바람 통로를 응시하던 적이건이 결국 고개를 내저었다.

역시 도저히 무리야. 다른 방법을 찾아야지.

밖에서 화음신이 어떤 짓을 저지를지 모르는데 이렇게 시간만 낭비할 수 없었다.

돌아서려던 적이건이 다시 고개를 홱 돌렸다.

"어?"

저 멀리 통로 끝 벽에 짤막하게 뭔가 적혀 있었다. 글자가 너무 작아 무슨 내용인지는 알 수 없었다.

무슨 내용인지 궁금했다. 휘갈겨 쓴 것이 이곳의 수련과 관련된 글은 아닌 것 같았다.

대체 누가? 그렇다면 일차 관문을 통과하셨다는 증조부께서 남긴 것일까? 뭐라고 남기신 거지?

누군가는 분명 통과한 곳인데, 이렇게 쉽게 포기하려니 울컥 자존심이 상했다.

적이건이 가만히 입술을 깨물었다.

"좋아! 해낸다!"

*　　　*　　　*

“저 별을 보거라.”

적풍양의 손가락 끝에 유난히 밝게 빛나는 별이 있었다.

“파천성(破天星)이 유난히 강한 빛을 내는구나!”

“파천성이요?”

적풍양의 뒤에 서 있는 사람은 그의 딸이자 적수린의 여동생 적수연이었다. 그녀의 품에 딸 아신이 안겨서 잠이 들어 있었다.

적수연이 깜짝 놀랐다. 파천성은 흉성 중에서도 가장 위험하다고 알려진 별이다. 강호의 역사를 되돌아볼 때, 천살성(天殺星)과 더불어 파천성이 힘을 얻으면 어김없이 강호에 피바람이 불었다.

“하루가 다르게 강해지고 있구나.”

적풍양의 얼굴에는 걱정이 가득했다.

적수연이 가만히 아버지의 얼굴을 쳐다보았다. 이십 년 전, 정마대전에 참전하기 직전 아버지의 표정이 딱 이러했었다.

분위기가 무거워지자 적풍양이 애써 화제를 돌렸다. 아신의 볼을 만져 주며 환하게 웃었다.

“고 녀석, 잘 자는구나. 엊그제 태어난 것 같은데, 벌써 이렇게 컸구나.”

“정말 하루가 다르게 크는 것 같아요.”

"후후후."

적풍양이 기분 좋게 웃었다. 손녀를 보고 있으면 마음이 절로 행복해졌다. 아이의 웃음이 모든 근심을 털어내 주었다. 성악(性惡)이니 성선(性善)이니 인간의 본성을 두고 여러 말들이 있지만 아이의 이 평온한 미소를 보고 있노라면, 그런 말들이 다 형이상학적인 말놀음에 불과하다는 것을 느끼게 된다. 아이는 애초부터 선하다. 자라면서 변하는 것이라고 적풍양은 생각했다.

"건이가 왔다고 들었어요."

적수연의 물음에 적풍양이 고개를 끄덕였다.

"지금 무극동에 들었다."

이미 그에 대해서도 알고 있었는지 적수연은 그다지 놀라는 기색이 아니었다.

"가능할까요?"

물론 불가능하다는 전제하의 물음이었다. 자신 역시 언젠가 그곳에 들어가 본 적이 있었다. 아버지가 해내지 못한 곳이었다. 통과하려는 욕심보단 대체 얼마나 어렵기에 하는 호기심이 발동했었다. 결론은 쉽게 났다. 애초에 통과가 불가능한 수련동으로.

"제아무리 건이라 해도 절대 통과하지 못할 거예요."

"그렇겠지."

적풍양 역시 큰 기대를 하는 것 같진 않아 보였다.

"그런데 왜?"

문득 적수연은 적풍양의 시선이 다시 하늘의 파천성에 향해 있다는 것을 깨달았다. 그리고 동시에 깨달았다. 아버지가 적이건이 그곳을 통과해 주기를 기대하고 있다는 것을. 그래서 파천성의 혈겁을 막아내 주기를.

적풍양이 나직이 말했다.

"바람이 그 아이의 편이길 바랄 뿐이다."

*　　　*　　　*

"으아아아아!"

적이건의 비명 소리가 이어지더니, 만신창이가 된 적이건이 바닥을 굴렀다.

온몸에 상처가 나 있었는데, 큰 상처가 아니라 수백, 수천 개의 작은 상처들이었다. 바람이 만들어낸 상처였는데, 오히려 큰 상처보다 그 작은 상처들이 더 아팠다.

바닥을 뒹굴던 적이건이 겨우 안정을 찾았다.

그래도 오늘은 두 걸음 거리를 기어갔다가 돌아왔다. 첫날을 생각하면 그야말로 기적적인 일이었다. 한 걸음 정도는 더 갈 수도 있겠다 싶었지만 돌아 나오지 못할까 두려워서 모험을 하진 못했다.

이곳에 들어온 지 벌써 사흘째였다.

마음은 급한데 수련은 더뎠다.

온갖 잡생각이 수련을 방해했다. 특히 꿈속의 그것처럼 화음신이 모두를 죽이는 공포감이 끝없이 적이건을 괴롭혔다.

그럴 때마다 차련을 떠올렸다. 차련의 그 아름다운 몸을 떠올렸다.

"헤헤헤."

절로 헤벌쭉 웃음이 나왔다.

뒤이어 어머니와 아버지의 얼굴이 떠올랐다.

이래서 자식 키워봐야 소용없다는 거구나. 련이를 먼저 떠올리니.

적이건이 피식 웃었다.

다들 잘 있겠지?

애써 괜찮다고 스스로를 위안했다.

누워서 쉬고 있던 적이건이 다시 몸을 일으켰다.

중요한 것은 포기하지 않는 것이다. 목표 달성을 막는 것은 운명이 아니다. 대부분 그 자신이다. 지금 이곳에서의 가장 큰 적 역시 화음신이 아니었다. 쉬고 싶고, 포기하고 싶은… 바로 자신이었다.

다시 열흘이 지났다.

적이건은 열병을 앓고 있었다. 어둡고 차가운 동굴 바닥에서 온몸이 불덩이처럼 끓어올랐다. 너무 고된 훈련 때문이었다.

지난 오 일간 일 장까지 진행했다. 전체 길이의 오분의 일 거리였다. 그 살인적인 고통을 생각하면 그것은 대단한 성과였다.

하지만 그것이 한계였다. 고통을 참는 것도 한계가 있었다.

적이건은 차라리 온몸의 신경이 다 끊어져 고통을 느끼지 못했으면 하는 바람을 가졌다.

"으으으."

적이건이 신음성을 발했다. 내공이 금제되어 고통을 막을 방법이 없었다. 더구나 부상이 채 회복되지 않은 상태로 시작해서 그 고통은 더욱 컸다.

열이 올라 헛것이 보였다.

가위에 눌렸을 때처럼 화음신이 몸 위에 올라타서 자신을 내려 보고 있었다.

적이건이 도리어 소리쳤다.

"왜? 초조해? 날 다 찾아오시고? 겁나지? 내가 여길 통과해서 널 갈기갈기 찢어버릴까 봐! 흐흐흐! 조금만 기다려!"

화음신의 무표정이 그렇게 말하는 것 같았다. 초조한 것은 너라고.

"흥! 절대 지지 않아! 절대 지지 않을 거라고!"

적이건이 바닥을 뒹굴어 구석의 상자로 갔다.

상자 속의 벽곡단을 억지로 입에 넣었다. 억지로 씹어 삼키려다 사레가 걸려 캑캑거렸다. 두 눈이 광기로 번뜩였다.

"안 죽어! 이겨낼 거라고!"

환상 속의 화음신은 목을 조르거나 하지 않았다.

적이건은 그 이상으로 아팠다.

이틀 후. 적이건이 정신을 차렸다.

땀을 많이 흘려 몸에 힘이 하나도 없었지만 열은 완전히 내린 상태였다.

이틀간 얼마나 많은 악몽에 시달렸는지 끔찍했다.

적이건이 천천히 바람 통로를 쳐다보았다.

그 악몽을 다 합쳐 놓은 것보다 더 무서운 현실은 여전히 변함없는 칼바람 소리를 만들어내고 있었다.

쇄애애애애애액!

정말이지 포기하고 싶었다.

화음신을 없앨 다른 방법이 있을 것이란 약한 마음이 들었다. 할아버지를 졸라보면 다른 방법을 알려주실지도 모른다는 생각이 들었다.

그게 아니더라도 다른 방법이 있지 않을까?

그 마음속 물음에 대한 대답을 직접 큰 소리로 했다.

"없어! 없는 것 잘 알잖아!"

짝!

그리고는 양 손바닥으로 뺨을 강하게 후려쳤다. 손바닥이 얼얼했다. 자연 빰은 벌겋게 부어올랐다.

"맞으니까 정신 좀 들지?"

잔뜩 진지한 인상을 짓던 적이건이 죽는 시늉을 하며 빰을 매만졌다.

"아아아아! 아파. 너무 세게 쳤다."

한참을 그렇게 호들갑을 떨고는 적이건이 크게 웃었다.

"하하하하하하하!"

신나게 웃고 나니 기분이 한결 나아졌다.

예전에 처음 적풍양을 만났을 때, 할아버지가 해준 말이 떠올랐다.

"항상 앞을 향해 나아가되, 가다가 힘들면 쉬었다 가거라."

적이건이 벌떡 일어났다. 긴 심호흡을 하며 힘차게 소리쳤다.

"자, 다시 시작!"

* * *

"건이가 무극동에 든 지 벌써 보름이 지났어요."

뒤에서 들려온 말소리에 화원에 꽃을 옮겨 심던 적풍양이 허리를 폈다.

적수연이 걱정스러운 표정으로 자신을 보고 있었다.

"걱정되느냐?"

"당연히요. 아버진 걱정 안 되세요?"

관문을 통과하는 것이 불가능하다고 확신했기에 걱정 역시 당연한 것이었다. 혹시라도 적이건이 무리하다 큰 사고라도 당한 것이 아닐까 걱정이 되었다.

"원래 끈기있는 아이지 않더냐?"

"끈기만으로 가능한 곳이 아니니까 그러지요."

적풍양이 미소를 지었다.

한옆 바위에 두 사람이 나란히 앉았다.

"젊었을 때는 기연을 믿었단다. 강호를 살면서 기연을 믿지 못한다면 그 얼마나 재미없는 삶이란 말이냐? 하나 살다 보니 자연히 마음이 변하더구나. 세상에는 기연 따윈 없다는 것을 알게 된 것이지. 묵묵히 노력하는 것이 삶에 있어 최고의 기연이란 생각을 하게 되었지."

"이제는 어떠세요?"

"지금은 기연이 있느냐 없느냐는 관심이 없단다."

"그럼요?"

"흐름을 생각한단다."

"흐름요?"

"삶의 굴곡 말이다. 올라갔다 내려오고, 내려갔다 다시 올라가고. 앞으로 나갈 때가 있으면 물러설 때가 있고, 한 걸음 물러서면 두 걸음 나아갈 때가 있고. 바닥까지 갔다가 다시 꼭대기에 올라서는."

적수연은 이 말이 적이건과 무슨 관계가 있는지 이해할 수 없었다.

적풍양은 그저 뜻 모를 미소를 지을 뿐이었다. 그는 믿었다. 아직은 적이건의 삶은 앞으로 나아가고 있을 때라고. 뒤로 물러서기에는 너무 젊고, 너무 패기만만했으며 너무 총명하니까.

…너무 위험천만한 상황이 펼쳐지려 하기에.

*　　*　　*

그날부터 다시 열흘이 지났다.

"으아아아아아!"

찢어지는 적이건의 비명 속에 환희가 담겼다.

"해냈다!"

바닥을 뒹굴어 나온 쪽은 반대쪽이었다.

"크하하하하하!"

적이건이 광소를 터뜨렸다. 정말이지 감격스런 순간이었다. 적풍양의 기대대로 적이건은 다시 앞으로 한 걸음 더 나아갔다. 해낼 수 있었던 가장 큰 이유는 구화마공의 대성을 위해 했던 고된 육체 훈련 덕분이었다. 그 누구보다 고통을 참는 데

익숙해진 탓이었다.

적이건이 누운 채로 바람이 불어 닥치는 통로를 쳐다보았다.

"사풍(死風)아! 이 미친 사풍아! 앞으로 네 쪽을 보곤 오줌도 안 눌 테다!"

죽음의 바람은 적이건이 붙인 말이었다. 바람을 인격화해서 욕하고 버티고 싸우고 한 적이건이었다. 그렇게라도 하지 않으면 견딜 수 없었다.

그때 문득 이곳을 나갈 때, 저곳을 통해 다시 나가야 하는 것이 아닐까란 두려움이 들었다.

"흥! 사풍아, 꿈도 꾸지 마라. 맨손으로 반대쪽 벽을 평생토록 파는 한이 있어도 그리로는 안 나간다! 만약이라도 누군가 저리 나가라고 하면 이 손가락으로 눈을 콱!"

적어도 지금 이 순간만은 진심이었다.

한참을 그렇게 감격에 겨워한 후, 적이건이 몸을 일으켰다.

이미 옷은 완전 누더기가 되어 있었고 온몸은 너덜너덜 상처투성이였다. 상처가 난 곳이 아물고 다시 상처가 나고 다시 아물고, 그야말로 온몸에 핏물이 말라비틀어져 있었다.

정말 혼신에 혼신을 다했다. 태어나 이런 고통은 처음이었다. 그 와중에도 적이건은 팔에 찬 수호갑과 훈련용 쇳덩이를 벗지 않고 있었다. 그것을 벗으면 조금이라도 좀 나을까 하는 유혹을 받았지만, 적이건은 끝내 유혹을 이겨냈다.

"휴. 그나저나 이게 수련의 끝은 아닐 테고."

적이건이 천천히 걸음을 옮겼다.

가장 먼저 향한 곳이 앞서 보았던 글귀가 있는 곳이었다.

"헉! 이게 뭐야?"

글자를 읽은 적이건이 황당한 표정을 지었다.

심히 적적(寂寂)하다.

적이건이 눈을 깜빡였다. 혹시 너무 힘든 과정을 거쳐 헛것이 보이나 했는데, 다시 눈을 떠봐도 여전히 그 말이 적혀 있었다.

한마디로 심심하다는 말이었다. 대체 누가 쓴 것일까?

증조부님은 절대 아니었다. 사 년에 걸쳐 이 관문을 통과한 후, 고작 저런 말을 써서 남겼을 리가 없었다.

혹시 할아버지가 모르는 또 다른 사람이 통과했나?

그럴지도 모른다는 생각이 들었다. 하지만 이곳을 통과할 정도면 대단한 사람일 텐데, 고작 저런 말을 남겼다는 것이 이상한 일이었다.

"뭐, 누구면 어때?"

적이건이 다시 주위를 살폈다.

사풍 뒤쪽으론 몇 개의 석문이 있었다.

그중 가장 가까운 쪽의 석문을 조심스럽게 열었다. 빈방 안에는 침상이 놓여 있었고 몇 가지 집기가 놓여 있었다. 먼지가 없고 물건들이 깨끗하게 정리된 것으로 봐서 분명 최근까지 사람이 살고 있었던 것 같았다.

적이건이 다시 밖으로 나가려는데 문 앞에서 누군가와 맞닥뜨렸다.

"어이쿠!"

적이건과 상대가 동시에 깜짝 놀랐다. 특히 상대는 너무 놀라 엉덩방아까지 찧었다.

상대는 적이건 또래의 청년이었다. 마른 체형에 평범한 인상이었는데 무공을 익힌 흔적은 전혀 없었다.

"너 누구냐?"

적이건의 물음에 청년이 황당한 표정을 지었다.

"그러는 넌 누구지?"

적이건이 가만히 상대를 응시했다. 어딘지 모르게 호감형의 얼굴로 딱히 악의를 지닌 것 같지 않았다.

"난 적이건이다."

"적이건?"

"넌 누구지?"

"난 이환(李紈). 이곳의 관리자다."

"관리자?"

적이건이 황당한 표정을 지었다. 설마 이 무극동에 이렇게 새파랗게 젊은 관리자가 있을 줄 생각지도 못한 탓이다.

"할아버지께서 이곳에 네가 있다는 말씀을 하신 적이 없는데?"

"할아버지?"

"질풍세가의 가주님 말이다."

"아아?"

그제야 이환이 깜짝 놀라 소리쳤다.

"헉! 그렇다면 너 설마? 저길 통과해 들어온 거야?"

이환이 바라보는 곳은 사풍이 부는 쪽이었다.

"당연히."

멀뚱히 청년을 바라보던 적이건이 깜짝 놀라 물었다.

"설마 너도 저기로 들어온 거냐?"

그러자 이환이 고개를 내저었다.

"아니, 나는 저쪽으로."

이환이 가리키는 곳은 구석의 석문이었다.

"어라? 다른 통로가 있었어?"

"당연히."

"그런데 왜 개고생시키며 저길 통과해 오라고 해?"

"물론 수련이니까. 그런데 너, 정말 저길 통과한 거야?"

이환은 여전히 믿기 어렵다는 표정이었다.

"그렇다니까."

"와! 정말 오랜만의 도전에 정말 간만의 성공이군."

적이건이 조심스럽게 물었다.

"혹시 반로환동하신 어르신이 아니신… 지?"

그러자 이환이 피식 웃었다.

"왜? 이런 곳은 노인이 지키고 있어야 할 것 같아서?"

"당연히 그렇지."

"맞아. 원래 우리 할아버지가 지키고 있었지. 우리 가문은 대대로 이곳 관문을 관리하는 임무를 맡고 있어."

"아하."

그제야 적이건은 모든 상황을 이해했다. 이환의 말처럼 누군가는 이곳을 관리해야 할 것이다. 그러고 보니 입구의 벽곡단도 이환이 가져다 둔 것이었다.

"할아버지는?"

"재작년에 돌아가셨어."

"다른 가족은 없고?"

이환의 표정이 조금 시무룩해졌다. 하지만 이내 밝게 대답했다.

"아버진 그전에 떠나셨다. 여긴 너무 답답하다고."

"너는?"

"나까지 가면 이곳은 누가 지켜?"

"안 지키면 되지."

"난 아버지처럼 책임감없는 사람이 아니야."

"자식 하난 잘 키웠네."

"아버지가 키운 게 아냐. 할아버지가 날 키우셨지."

대충 어떤 사정인지 알 것 같았다.

삭막한 수련동이라 생각했는데 또래를 만나니 왠지 반가웠다.

"아, 혹시?"

적이건이 밖의 벽에 쓰인 심심하다란 글귀에 대해 물었다. 역시 대답은 짐작대로였다.

"맞아. 우리 아버지가 쓰신 거야."

"넌 안 심심하고?"

"심심할 게 뭐 있어? 무슨 일이든 마음먹기 나름이지."

"오호, 제법인데?"

이환의 얼굴이 살짝 상기되었다.

"너, 칭찬에 약한 유형이구나?"

노골적인 지적에 이환의 얼굴이 더욱 붉어졌다.

적이건이 더욱 놀렸다.

"속마음이 얼굴에 그대로 드러나네. 너, 앞으로 절대 세작(細作) 같은 일은 하지 마. 네가 잠입하려는 곳의 문지기 개도 널 보면 막 짖을 거다."

"무슨 헛소리야!"

"헤헤, 농담이고. 배고픈데, 뭐 먹을 것 없나? 그간 맛없는 벽곡단만 먹었더니."

"아, 잠깐만."

이환이 석실 안으로 들어가서 구석에 놓인 장에서 헝겊에

싼 육포를 가져왔다.

적이건이 육포를 질겅질겅 씹어댔다.

"여기가 네 방이야? 먼지 하나 없던데. 결벽증 있나 봐? 너도 잠자리 바뀌면 잠 못 자지? 요리는? 요리는 좀 해?"

적이건의 수다를 이환이 신기한 듯 바라보았다. 오랜만에 대하는 사람에 대한 반가움이 느껴져 적이건이 물었다.

"그런 넌 여기서 갇혀 지내는 거야? 젊은 나이에 너무 가혹한데?"

"갇혀 지내긴, 마을에도 가끔씩 내려가. 장 볼 때도 가고."

"그래도 대부분 혼자일 것 아냐? 안 심심하냐?"

"고독도 결국은 익숙해지더라고."

"너 좀 재미있는데?"

적이건은 이환에게 호감을 느꼈다.

이환은 그 이상의 감동을 느끼고 있었다. 할아버지의 뒤를 이어 이곳을 인계받은 후 첫 도전자였다. 아버지는 떠나면서 이 수련동은 지킬 가치가 없다고 했다. 앞으로도 영원히 도전자는 오지 않을 것이라고. 멍청한 짓 하지 말고 너도 떠나라고.

'틀렸어요, 아버지.'

이환은 그게 기쁘면서도 한편으로 씁쓸했다. 아버지가 어디에서 무얼 하고 사실까 그립기도 했다. 술에 취해 매일 할아버지에게 대들던 아버지가 정말 미운 적이 있었다. 이렇게 할아버지의 뜻을 따른 것도 아버지에 대한 반항 때문일지도 몰랐다. 하지만 요즘 들어선 그렇게 떠나 버린 아버지가 문득 그리울 때가 있었다.

육포로 배를 채운 적이건이 말했다.

"이럴 때가 아니지. 이제 난 어떻게 해야 하지? 두 번째 관문은 어디에 있나?"

"잠깐만."

이환이 다시 구석의 상자를 뒤적이더니 한 권의 책자를 꺼내 들었다.

"그거 뭐지?"

이환이 먼지 묻은 책을 탈탈 털며 대답했다.

"관리자용 수련지침서."

"뭐?"

적이건이 깜짝 놀랐다. 잠시 멍한 표정을 짓던 적이건이 놀라 물었다.

"설마 거기 적힌 대로 내게 시키겠다는 거야?"

이환이 고개를 끄덕였다.

"난 처음 도전자를 받아보는 거거든. 예전에 할아버지께 듣고 배우긴 했지만, 실전은 처음이야. 그래서 확실히 보면서 하려고."

적이건이 황당한 표정으로 말했다.

"확실히 봐준다니 고맙기도 하지."

적이건의 입장에선 그 미친 관문을 통과해 왔는데, 이런 상황이니 불신이 가득할 수밖에 없었다.

"네가 어떤 심정인지 이해는 되지만, 그래도 이제부터는 확실히 시키는 대로 해야 해."

"그러시겠지."

여전히 믿음이 안 가는 적이건이었다. 원래 이런 엄청난 수련동이면 뭔가 더 거창하고 멋진 것이 기다리고 있을 것이라 생각했다. 뭔가 더 고차원적인 수련 방식이 기다리고 있을 것이란 기대감 때문이었다.

그러자 이환이 진지하게 말했다.

"예전에 할아버지께서 그런 말씀을 하신 적이 있어. 예를 들어서 말이지, 칠흑같이 어두운 밤에 절벽의 좁은 길을 따라 수십 명이 줄을 서서 걸어가고 있어. 불빛이라곤 오직 선두에 선 사람이 든 횃불이 전부야. 여기서 질문 하나. 사람들이 보고 가는 것이 뭐지? 선두에 선 사람인가, 아님 그가 든 횃불인가?"

"그야 횃불이겠지?"

"그래, 맞아. 바로 그거야. 날 믿으라는 게 아냐. 이 수련동의 과정을 믿으란 거지. 이 책을 믿고, 이 책을 쓴 사람을 믿으란 거지."

적이건이 고개를 끄덕였다. 그의 말이 맞다. 안 할 거면 아예 안 하고, 할 거면 확실히 믿고 하는 거다.

"좋았어. 다음 과정이 뭐지?"

책을 들여다본 이환의 시선이 바람 통로를 향했다.

적이건이 불안한 마음으로 물었다.

"뭐야? 저길 왜 봐? 설마 저기를 다시 나가라는 건 아니겠지? 안 해! 절대 안 한다고! 그렇다고 말만 꺼내봐? 확 그냥!"

"그건 아닌데."

"방금 너, 죽다 살아난 줄 알아."

이환이 머리를 긁적이며 조심스럽게 말했다.

"나가라는 건 아니고… 저길 기어올라 가서 뭘 하라는데?"

적이건이 손가락 두 개를 갈고리처럼 꼬부렸다. 이환의 눈을 찌르려고 위협적으로 다가서며 나직이 말했다.

"뭐, 인마?"

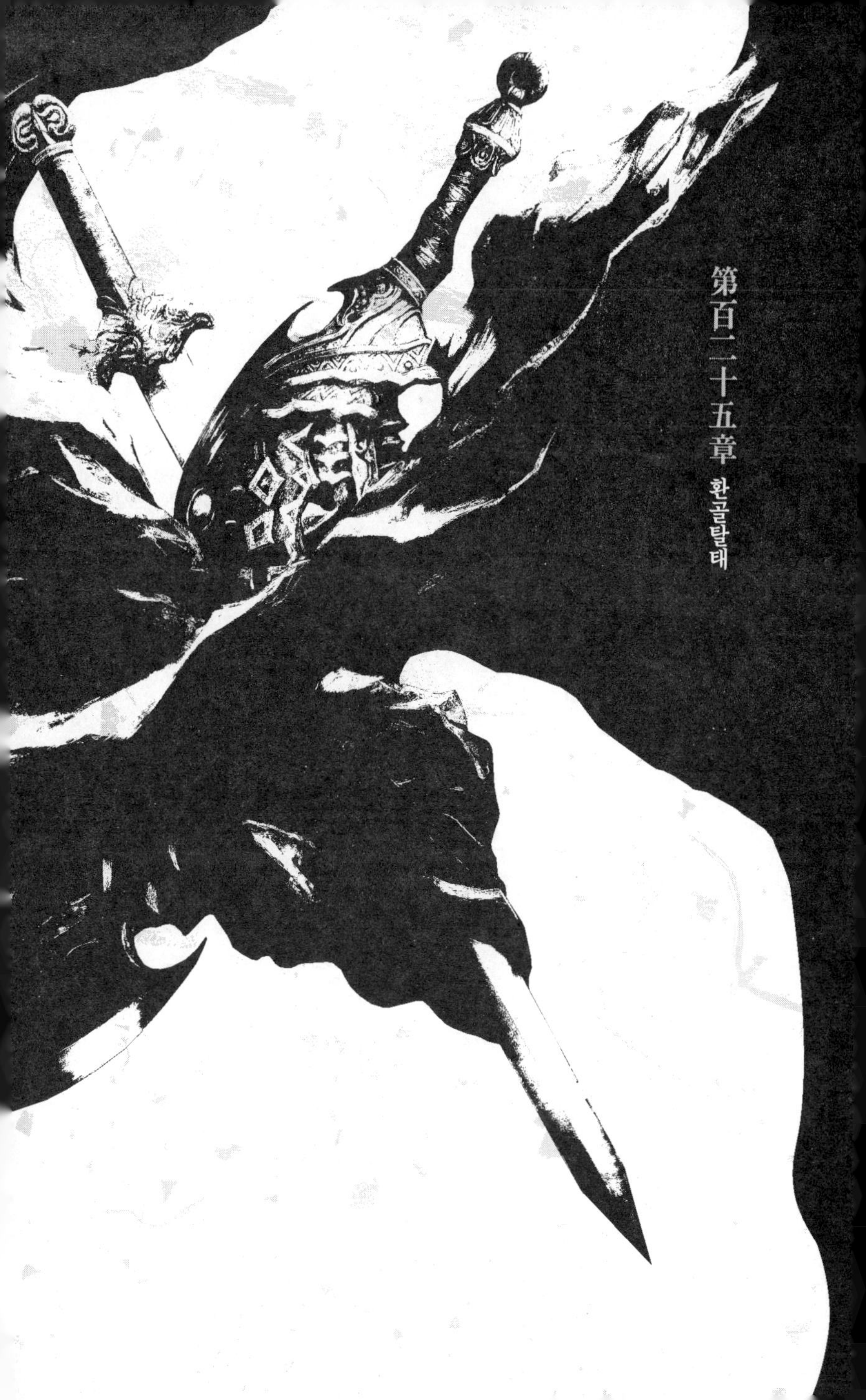

第百二十五章 환골탈태

"조금만 더 힘내!"

이환의 응원에 비명이 메아리를 타고 돌아왔다.

"으아아아아아아아아!"

정말 적이건은 그 바람이 내리 부는 곳의 벽을 기어오르고 있었다.

얼굴은 물론이고 온몸이 그냥 흉터투성이였다.

몇 번이나 추락을 했는지 모른다. 추락했을 때의 그 고통은 정말 말로 표현할 수 없는 것이었다. 상처 위에 다시 상처가, 그 상처가 아물기도 전에 그 위에 다시 상처가 났다. 얼굴은 물론이고 온몸에 끔찍한 흉터가 남았다. 길 가다 만나면 차련이 그냥 지나칠 상태였다.

"나 안 할 거야! 이번이 마지막이야! 아아아아아!"

들려오는 절규에 이환이 피식 웃었다.

그 말만 벌써 서른 번을 더했다. 그냥 지나가기도 힘든 곳을 기어올라야 하니 그 어려움은 말로 표현하기 힘들었다. 하지만 적이건은 이제 그 속에서 이렇게 말을 할 수 있을 정도로 바람에, 고통에 적응되어 있었다.

이환은 적이건에게 완전히 감탄한 상태였다.

정말이지, 적이건의 집념은 불굴의 의지란 말이 아깝지 않았다.

그리고 가장 결정적으로 감탄한 것은,

"아아아악! 육포 지겹다! 우리, 오리 한 마리 구워 먹자!"

힘들어도 웃음을 잃지 않는다는 점이었다.

"해내면 돼지 한 마리 잡을게!"

"흥! 못해낸다고 생각하는 거지?"

"억울하면 해내든지."

"두고 보자고! 아아악!"

휘리리릭, 꽈아앙!

다시 바람에 휘말린 적이건이 바닥으로 떨어졌다.

인간은 정말이지 적응의 동물이다. 이환이 고독도 적응이 된다는 것처럼 고통도 적응이 되었다.

적이건이 데굴데굴 굴러 나왔다.

예전보다 훨씬 빨라진 동작이었다. 이미 그것만으로도 적이건의 육체와 정신력이 얼마나 강해졌는지 알 수 있었다. 처음에 이환은 적이건이 반대로 굴러가는 상상을 했다. 그래서 저 바람의 통로 반대쪽에서 '젠장! 더 이상은 못 버티겠어!' 라면서 돌아서 동굴을 나가는 장면을 떠올리곤 한 것이다.

이번 시도에 그럴까? 혹 다음에 그럴까?

하지만 이제는 그런 생각은 하지 않았다.

"헥헥헥헥."

자신의 발치에서 숨을 몰아쉬는 이 녀석은 그렇게 호락호락한 녀석이 아니었다. 절대 포기하지 않으리라.

"좀 쉬었다 하지?"

그러자 적이건이 벌떡 몸을 일으켜 세웠다.

"싫다! 오늘 내로 돼지 굽는다!"

"그러다 죽어!"

"이미 난 죽었어. 귀신이란 것 눈치 못 챘어?"

적이건이 다시 바람 속으로 걸어 들어갔다.

이환이 어깨를 으쓱하며 나직이 말했다.

"그렇다고 하기에는 넌 너무 생기차고 팔팔한걸."

적이건이 다시 벽을 타고 기어오르기 시작했다.

두 번째 수련의 목표는 위로 삼 장 정도 높이의 벽에 박혀 있는 작은 막대기를 당기는 것이었다. 친절하게도 벽에는 발과 손을 지탱할 수 있는 홈이 일정 간격으로 파여 있었다.

한 발을 올라갈수록 압력은 배가 되는 기분이었다.

고개를 살짝 들어 위를 쳐다보려는 순간 머리통이 뒤로 젖혀졌다. 정말이지, 머리통이 떨어져 나갈 것만 같았다.

"으으으으으으으!"

적이건이 다시 고개를 앞으로 숙였다.

꽈앙!

사정없이 벽과 박치기를 했다. 별이 번쩍했지만 머리를 쓰다듬지 않았다. 그 시간에 차라리 한 발 더 올라가 빨리 끝내는 것이 더 나았다. 그게 고통을 줄이는 길이었다.

"빌어먹을!"

왜 이 미친 바람을 뚫고 저걸 당기러 가야 하냐고! 대체 왜 이런 훈련이 필요한지, 이 훈련 과정을 만든 사람이 눈앞에 있으면 멱살을 흔들고 싶었다.

"그래, 참자, 참아."

부모님을 떠올렸고, 차련을 떠올렸다. 설벽화와 서가인을 떠올렸고, 양화영과 냉이상과 천무악을 떠올렸다. 무영을 떠올렸고, 팔방추괴와 화무철을 떠올렸다. 보고 싶은 사람들이었다. 너무나 그리운 사람들이었다.

그들이 죽는 상상을 했다. 상상만으로도 눈물이 났다. 철이 들어 가장 큰 변화는 주위 사람들에 대한 소중함을 더욱 절실히 느낀다는 점이었다.

내가 쉬는 그 짧은 시간에 그들이 죽을지도 모른다고 생각하니 잠시도 쉴 수가 없었다.

다시 한 발, 또다시 한 발.

올라갈수록 바람의 압력이 강해졌다.

핏! 핏! 핏!

손가락과 손등이 갈라지며 다시 피가 튀었다. 이러다 뼈만 남게 되는 것이 아닐까 걱정이 될 지경이었다.

다시 한 발 올라갔다.

평소보다 좀 더 올라온 것 같은데?

눈을 떠서 확인할 힘도 없었다. 머릿속이 텅 빈 것 같았다.

다시 한 발 올라갔다. 어깨가 빠질 것만 같았다. 너무 아프니까 눈물도 나지 않았다.

온몸의 가죽이 다 벗겨지고 있는 것이 아닐까 하는 생각이 들었다.

저 밑에서 이환의 소리가 들렸다.

"어어? 어어어?"

잰 또 왜 저 호들갑인지 모르겠다.

"이봐! 눈을 떠!"

적이건이 눈을 떴다. 그때 눈앞에 보이는 작은 막대기.

"어?"

어느새 목표까지 올라온 것이다.

적이건이 마지막 힘을 다해 막대기를 당겼다. 굉음이 들렸고, 일순간 바람이 강해지는 것도 같았다. 그리고 잠시 후, 거짓말처럼 바람이 멈췄다.

"해냈어! 해냈다고!"

감격에 찬 이환의 목소리가 들려왔다.

"아아아."

긴장이 풀린 적이건이 그대로 정신을 잃었다.

적이건이 바닥으로 추락했다. 그 와중에도 머리로 떨어지면 죽는다는 생각에 몸을 비틀었다.

해내고 죽을 수는… 꽈당!

"깨어났으면 정신 차려!"

이환의 목소리에 적이건이 정신을 차렸다.

눈이 떠지지 않았다.

눈을 감은 채 적이건이 힘없이 말했다.

"…멧돼지는?"

이환이 피식 웃는 소리가 들렸다.

"기억력에는 아무 문제가 없네."

"이 자식! 농담 아니라고!"

"감정 조절도 이상 없고."

"정말 배고프다고!"

"몸 상태도 정상이고."

"고작 이런 걸로 날 판단하지 마!"

"판단력도 정상!"

적이건이 눈을 번쩍 떴다.

석실 안에 누워 있었다. 얼굴 위로 이환의 웃는 얼굴이 나타났다가 이내 사라졌다. 억지로 고개를 돌리니 이환이 한쪽 구석에 쪼그리고 앉아 무엇인가에 열중이었다.

"수고했어."

"젠장. 몸이 움직이질 않아."

"그 몸이 움직이는 것이 이상하지."

적이건이 긴 한숨을 내쉬었다.

또 한 고비를 넘겼다. 진한 쾌감이 밀려들었다. 무엇인가를 해내고 난 직후의 이 만족감은 그야말로 세상에서 가장 자극적인 쾌감이었다.

"한데 그 무거운 것을 끼고 있었던 거야?"

"응?"

이환이 한옆을 바라보았다.

적이건이 그곳을 바라보니 한옆에 자신의 옷가지며 훈련용 쇳덩이, 호신갑 등이 놓여 있었다. 그러고 보니 자신은 완전히 발가벗겨져 있었다.

"이상한 짓 한 건 아니지?"

"그 미친 쇳덩이 옮기느라고 이상한 짓 할 틈이 없었어. 지렛대로 굴렸다고!"

적이건이 피식 웃었다. 용케 한옆으로 옮겼다는 생각이 들었다.

"그런데 뭐 해?"

적이건의 물음에도 여전히 이환은 뭔가에 열중하고 있었다. 한옆에는 그 관리자용 지침서라는 책이 펼쳐져 있었고, 그 주위로 여러 크기의 병이며 목곽이 잔뜩 널려 있었다.

이환이 책을 보며 무엇인가를 제조하고 있었다.

적이건은 갑자기 불안한 마음이 들었다.

"뭐 하냐고?"

"약 만들어."

"무슨 약?"

"나도 모르지. 시키는 대로 하는 거니까. 파란 병에서 한 방울, 노란 병에서는 두 방울, 이 곽에서는……."

"제대로 하는 거 맞아?"

"처음 하는데 자꾸 말 시키면 헷갈려!"

"맙소사."

그렇게 이환이 한참 동안 뭔가를 잔뜩 섞어서 큰 그릇에 걸쭉한 액체를 담아왔다.

"난 절대 안 마셔!"

"안 마셔도 돼."

"뭐?"

"네 몸에 바를 거니까."

이환이 붓을 가져와 적이건의 몸에 그 알 수 없는 액체를 발랐다.

"간지러워! 간지럽다고!"

"참아! 그 바람도 참아놓고 이걸 못 참아?"

이환이 적이건의 몸 구석구석 액체를 골고루 발랐다. 뭔가 어설퍼 보였지만 진지함만큼은 화타의 대수술 못지않았다.

이윽고 이환이 적이건의 몸에 완전히 액체를 다 발랐다.

"우웨엑! 냄새가 지독해!"

"원래 몸에 좋은 것이 지독한 법이야."

"그건 옛날 말이지! 요즘은 비싼 게 맛있고 향도 좋다고!"

"그냥 좋게 생각해."

"대체 이게 뭐야?"

"나도 모르지. 뭐, 몸에 좋은 거겠지?"

"책 다시 봐! 혹시 강시 제조법을 보고 있는 것 아니냐고!"

순진한 척 이환이 책을 살폈다.

"헉! 정말이었네."

"까불긴. 어쨌든 제대로 했지?"

"아마도."

이번에는 이환이 꼼꼼히 책자를 살폈다.

"이 과정이 앞의 과정보다 더 중요하다네."

"설마?"

"앞의 과정은 몸에 일부러 상처를 만들어 이 약이 흡수되기 쉽게 한 거라네. 바람이 만든 수천 개의 상처만이 가장 약이 잘 흡수되게 만들어준다고."

"뭐? 고작 상처를 내기 위해 그런 엄청난 일을 했단 말이야? 그냥 눕혀놓고 삭삭 칼질하면 되잖아?"

"바람이 낸 상처여야 가장 좋은 효과를 낸다네. 아, 지금 간지럽다가 시원하다가 그래?"

적이건이 고개를 끄덕였다. 정확히 그 느낌이 반복되고 있었다.

갑자기 잠이 쏟아졌다. 이환의 목소리가 점점 작게 들려왔다.

"그럼 제대로 했네. 이제 다음 과정은……."

적이건이 다시 눈을 떴을 때 이환이 천으로 복면처럼 입과 코를 가린 채 무엇인가를 만들고 있었다.

적이건이 힘없이 말했다.

"…그러지 말라고 했지?"

"어? 깼어?"

이환이 반갑게 웃었다.

"그런데 방금 뭐라고?"

"세작 같은 거 하지 말라고 했잖아."

무슨 말인지 몰라 눈을 껌벅이던 이환이 뒤늦게 복면을 쓴 자신을 세작이라 놀리고 있음을 깨달았다.

"냄새가 너무 지독해서 말이지."

"무슨 냄새?"

"네 몸의 냄새. 넌 안 나?"

적이건은 자신의 냄새를 맡을 수 없었다. 하지만 만약 몸에서 냄새가 난다면 이유는 간단했다. 긍정적으로 생각하면 몸에서 온갖 나쁜 것들이 빠져나가고 있다는 것이고 부정적으로 생각하면 독에 중독되어 몸이 썩고 있다는 뜻이었다. 적이건은 여전히 손가락 하나 까닥할 수 없었다.

"냄새 나면 나가 있지 않고?"

"다음 단계를 진행해야 해서. 약 조제도 중요하지만 정확한 시간에 시술하는 것이 더 중요하다고 나와 있어서."

이환의 손놀림은 이제 제법 능숙해 보였다.

"나 얼마나 잤어?"

"사흘."

"그렇게나?"

한 반 시진 깜박 졸다 깬 것 같은데, 사흘이나 자다니. 그 이상한 액체 때문일까? 배가 고프지 않았다.

"넌 좀 잤어?"

"실컷."

돌아보며 싱긋 웃는 이환의 눈은 벌겋게 충혈되어 있었다. 자신을 돌보느라 거의 잠을 자지 못한 것이 확실했다.

적이건이 담담히 말했다.

"좋아하는 여자 있어?"

"없어."

망설임없는 대답이었다. 하지만 적이건은 약병을 챙기던 이환의 손길이 잠시 멈춘 것을 보았다.

"차였어?"

"없었다니깐."

"왜 차였어? 그 정도면 인물은 반반한데."

"이거 확 마음대로 섞어버린다?"

"그 여자한테 이렇게 성질 부렸구나."

결국 이환이 고개를 내저었다.

이환이 또 다른 액체를 완성했다.

가까이 다가온 이환이 인상을 찡그렸다. 그만큼 자신의 몸에서 나는 악취가 지독하다는 의미였다.

대체 몸에서 무슨 일이 일어나고 있는 거지?

이환이 전의 그것처럼 정성껏 적이건의 몸에 액체를 바르기 시작했다. 붓질을 하던 이환이 입을 열었다.

"사랑이라고 느낀 만남은 딱 한 번이었어. 우린 서로 첫눈에 반했지."

적이건이 피식 웃었다.

이환의 이야기가 붓질과 함께 담담히 이어졌다.

"처음에는 정말 좋았어. 함께 사냥도 하고, 냇가에서 고기도 잡고, 장에 손잡고 놀러 가고."

진심으로 좋아했는지 이환의 표정이 환해졌다. 행복함이 전해질 정도였다.

"한데 그것도 딱 석 달뿐이더라고. 그녀는 점점 질려 했지.

산에서 노는 것도, 냇가에서 노는 것도. 그래서 규정을 어기고 여기도 데려왔지. 하지만 그건 더 실수였어."

"왜?"

"내가 평생 이곳에 매여 살아야 한다는 것을 알게 된 거지. 이후 그녀가 변했어. 답답하단 말을 더 자주 했고, 빈약한 내 주머니 사정을 두고 농담을 시작했지. 여자가 남자를 떠날 때의 징후만큼 확실한 것도 없더라. 매일 보다가 며칠에 한 번씩 보고, 보름에 한 번씩 보고. 그렇게 자연스럽게 헤어지게 되더군. 아, 다 발랐다."

담담히 말을 하고 있지만 이환이 슬퍼하고 있다는 것이 느껴졌다.

적이건이 밉살스런 표정을 지으며 말했다.

"뭐, 별 사랑 아니네. 내 사랑쯤 되어야 진짜 사랑 이야기라 할 수 있지."

"듣기 싫어!"

"그녀를 만난 것은 말이지……."

순간, 말을 잇지 못하고 적이건의 표정이 굳어졌다. 두 눈을 부릅뜬 적이건이 비명을 내질렀다.

"아아아아아아악!"

온몸의 살이 뜯겨 나가는 것만 같았다.

"그렇게 아픈 사랑이었어?"

이환의 농담에 적이건이 소리쳤다.

"아아악! 장난 마! 정말 죽겠어! 아아아아악! 뭐 잘못 섞은 것 아냐?"

"그렇게 아픈 거라고 나와 있어."

적이건이 이를 악물었다. 어지간한 고통은 다 참아낼 수 있으리라 생각했는데, 이건 또 다른 차원의 고통이었다.

"제발 불행한 이야기를 해줘!"

적이건의 말에 이환이 눈을 동그랗게 떴다.

"뭐?"

"불행한 이야기를 해달라고! 지금 나보다 더 불행한 이야기를 해줘! 그걸로 위안이라도 삼게. 아아아아아악!"

결국 이환이 웃음을 터뜨렸다.

"하하하하하!"

"빨리! 어서! 지금의 난 행복한 놈이란 생각이 들게 해줘!"

"알았어. 정말 불행한 이야기 해줄게."

"어서! 어서!"

망설이던 이환이 조심스럽게 말했다.

"이다음 단계는 두 배는 더 고통스럽다고 나와 있어. 지금은 행복한 거라고."

"뭐? 아아아아아아악!"

적이건이 고통을 참지 못하고 혼절했다.

"더 불행한 이야기 없어?"

깨고 혼절하기를 반복하던 적이건이 일곱 번째 깨어났을 때 한 말이었다.

이환이 의미심장하게 웃으며 대답했다.

"이젠 필요없을걸?"

"응?"

적이건이 자신의 몸을 살폈다. 온몸이 날아갈 듯 가벼웠다.

적이건의 표정이 환하게 밝아졌다.

"끝났어?"

적이건이 벌떡 몸을 일으켰다. 이루 말할 수 없는 상쾌함이 온몸을 휘감고 있었다. 내력을 쓰지 않아도 공중으로 날아오를 것만 같았다.

"어떻게 된 거야?"

"징그러웠어."

"뭐가?"

"뱀이 허물을 벗듯 온몸의 껍데기가 벗겨졌어. 그 과정을 칠 일 동안 일곱 번이나 반복했다고."

적이건이 깜짝 놀랐다.

"칠 일이나?"

적이건이 자리에서 벌떡 일어났다.

한옆으로 걸어가 벽에 걸린 동경을 들여다보았다.

"아아!"

절로 감탄이 나왔다. 자기 몸 보고 감탄하는 변태라고 놀릴

법도 했지만, 이환 역시 감탄한 눈빛으로 적이건의 몸을 쳐다보고 있었다.

몸의 상처는 모두 사라진 후였다. 아이 피부처럼 투명하고 맑고 깨끗했다. 피부가 맑고 깨끗하다고 약해진 것이 아니었다. 예전과 비교할 수 없을 정도로 강해져 있었다.

적이건이 멍한 표정으로 말했다.

"나 환골탈태(換骨奪胎)한 것 같아."

"그게 뭔데?"

"농담이지?"

"하하, 환골까진 모르겠고, 탈태는 일곱 번 했지."

이환이 환하게 웃으며 적이건을 끌어안았다.

"축하해!"

"고마워."

환골탈태는 모든 강호인들의 꿈이자, 육체가 도달해야 할 최종 목적지였다. 뼈를 깎는 노력과 기연이 합쳐져 만들어낸 최고의 성과였다.

적이건은 진심으로 이환에게 고마움을 느꼈다. 이환이 아니었다면 절대 이룰 수 없었을 일이다.

적이건이 물었다.

"안 부럽냐?"

이환이 웃으며 되물었다.

"그러는 넌 나 안 부럽냐?"

"무슨 말이야?"

"너만 기연을 얻은 것이 아니라고. 할아버지께선 언제나 말씀하셨지. 연자만이 기연을 얻는다고. 욕심이 화를 부른다고. 내게 있어 기연은 환골탈태가 아니야."

"그럼?"

"이곳에서 널 만난 거지. 이곳을 관리하는 내가 첫 도전자를 환골탈태시킨 거지. 그게 나의 기연이지."

두 사람의 시선이 얽혔다.

적이건이 진심을 담아 말했다.

"고마웠다. 널 잊지 못할 거다."

적이건이 돌아섰다. 정말 이곳에서의 고생은 영원히 잊지 못할 것이다. 두 번 다시 떠올리기 싫은 고통의 연속이었다. 누군가 다시 이곳에 보낸다면, 그때는 정말 콱!

이곳에서 만난 이환 역시 잊지 못할 것이다.

적이건이 성큼성큼 걸어갔다.

그때 뒤에서 이환이 적이건을 불렀다.

"잠깐만."

적이건이 돌아보자 이환이 책자를 넘기면서 말했다.

"그런데 말이지."

이환이 머리를 긁적이며 말했다.

"수련은 이제부터 시작이라는데?"

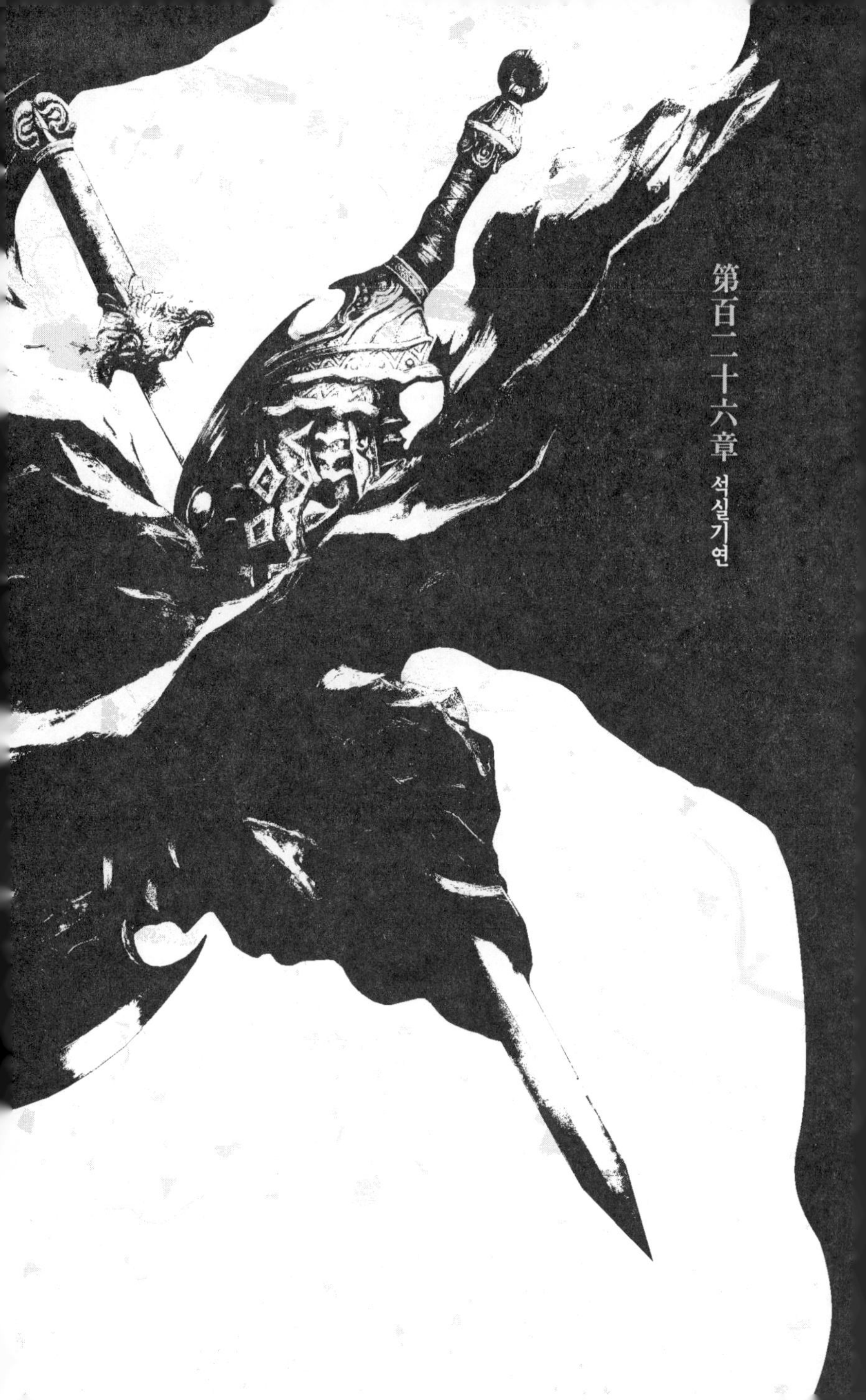

第百二十六章 석실기연

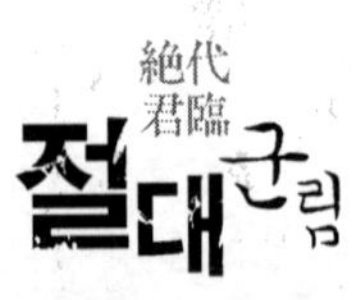
絶代
君臨
절대군림

소림의 밤은 침울했다.

선방에 둘러앉은 이들의 표정이 굳어 있었다. 그들은 바로 살아남은 구파일방의 문주들이었다.

그곳 주위는 백팔나한을 비롯한 소림승들이 삼엄한 경계를 펼치고 있었고, 각파의 고수들이 속속들이 소림으로 모여들고 있었다.

작금의 사태는 예전 정마대전이 발발했을 때와 같은 위급 상황이었다. 아니, 그보다 더 심각했다.

각파의 비급들이 비밀 장소로 옮겨졌다. 이미 구파일방은 이번 사태를 전시로 간주하고 있었다. 살아남은 장문들은 이십 년 전의 그때보다 더 깊은 패배감에 빠져 있었다.

현재 구파일방은 발칵 뒤집힌 상황이었다. 특히 문주를 잃은 문파들은 슬픔과 분노를 주체하지 못했다.

살아남은 장문들이 참변을 당한 문파를 달래기 위해 갖은 노력을 다 기울였다. 당장이라도 모든 제자들을 보내 복수를 하겠다는 그들을 필사적으로 말렸다. 대책없이 나섰다간 몰살당할 뿐이라고 그들을 설득했다.

한 자리에서 구파 문주 넷이 당했다는 말을 많은 이들이 믿지 못했다. 문주들 사이에 싸움이 벌어졌고, 살아남은 문주들이 살인을 은폐하려고 수작을 부리고 있다는 음모론이 나왔다.

살아남은 문주들은 그런 음모론을 이해했다. 사실 자신들조차 그 일을 믿을 수 없었다. 적이건이 아니었다면 이렇게 살아서 그곳을 빠져나오지도 못했을 것이다.

원릉과 구지개의 높은 인망을 믿었기에 결국 화음신의 존재를 믿었다. 그렇지 않았다면 구파는 최악의 혼란에 빠졌을 것이다.

임화선이 무거운 침묵을 깼다.

"대체 그것이 무엇이었소?"

그간 묻어왔던 이야기다. 하지만 언제까지 외면할 수는 없는 상대였다.

"그건 인간이 아니었어요."

호연랑이 침울하게 대답했다. 더구나 상대는 여인의 몸이었다. 여인의 몸으로 맨손으로 무당 장문을 죽일 수 있는 이를 어찌 인간이라 생각할 수 있을까?

"그것이 무공이었다면 그건 정말 가공할 무공이었소."

구인자가 치를 떨었다. 하지만 무공이라 하기에는 화음신이 펼친 수법들은 너무나 원시적이었다.

"이 강호에 그런 무서운 여인을 길러낼 수 있는 곳은 많지 않지요."

임화선의 말에 구인자가 대번에 그 배후를 짐작해 냈다.

"혹 마교의 수작이란 말씀이시오?"

과연 임화선이 고개를 끄덕였다.

"마교가 아니라면 어디서 그런 괴물을 누가 만들 수 있단 말이오?"

그 말에 모두들 침묵했다. 확실한 물증은 없었지만 설득력이 있는 말이었다.

그때 원릉이 나직이 말했다.

"그럴 리 없소. 만약 그렇다면 적 소협이 우리 목숨을 구해줬을 리 없지 않소?"

"그 역시 음모일 수 있단 말이지요."

임화선의 반박에 원릉이 버럭 소릴 질렀다.

"대체 무슨 음모 말이오? 아직도 모르겠소? 적 소협이 아니었다면 그 여인에게 우린 모두 몰살당했을 것이오!"

그러자 구인자가 임화선을 지지하고 나섰다.

"그건 모르는 일이지요. 우리가 가고 난 후 그 여인과 적이건이 함께 술이라도 마셨을지."

원릉이 기막힌 표정을 지었다. 그때 가만히 듣고 있던 구지개가 나섰다.

"그럴 리는 없습니다."

구지개는 적이건이 남긴 말이 머릿속을 떠나지 않았다.

"당신들을 돕는 것이 아냐! 당신들이 입버릇처럼 지키겠다는 그 강호를 돕는 거야. 가. 가서 보여줘. 당신들이 진짜로 강호를 위해서 일하는 사람들이란 것을."

그때 적이건의 눈빛은 진실을 담고 있었다. 구지개는 이번 일에 적어도 적이건의 음모는 없다고 확신했다.

구지개가 혼잣말처럼 침울하게 덧붙였다.

"아마 적 소협도 그것을 막지는 못했을 겁니다."

"아미타불."

원릉의 눈에 눈물이 고였다. 그가 아니었다면 이 자리에 살아 있을 사람은 아무도 없었다. 그럼에도 그를 의심하고 있어야 하는 이 현실이 슬프고 화가 났다.

하지만 여전히 임화선은 이 모든 사태의 배후를 마교에서 찾으려고 했다.

"좋소. 구 방주의 말대로 적 소협이나 마교가 아니라고 칩시다. 그럼 대체 누가 이런 엄청난 짓을 저지를 수 있소?"

구지개는 그를 이해했다. 임화선뿐만 아니라 이 방에 있는 모두는 그날 큰 상처를 입었다. 불가항력이라 여겨지는 누군가에게 책임을 씌워야 했다. 그 최적의 대상은 역시 마교였다.

하지만 그렇다고 자신까지 그 장단에 따라 춤을 출 순 없는 법이었다. 처음부터 개방이 주도했던 일이다. 원하던 원하지 않던 마지막까지 책임을 져야 했다.

"현재 그것의 정체를 밝히기 위해 본 방의 모든 제자들이 뛰고 있으니 곧 좋은 소식이 있을 겁니다."

모두들 묵묵히 고개를 끄덕였지만, 몇몇 사람들은 내심 개방을 원망하고 있었다. 지금까지의 모든 일을 개방이 앞장서서 진행했다. 하지만 결과는 참혹했다. 그렇다고 이제 와서 개방을 빼놓고 일을 처리할 수는 없었다. 아니, 오히려 개방에 더 의지해야 하는 상황이 된 것이다. 내심 이를 가는 이들이 있었다. 언젠가 낱낱이 조사해 개방에 오늘의 이 모든 책임을 물을 것이다.

구지개는 무겁게 흐르는 침묵에서 그런 마음을 읽어냈다. 구지개가 허탈한 웃음을 지었다.

구지개가 씁쓸한 마음을 감추며 한 가지 추측을 내놓았다.

"비연회와 관련이 있을 수 있습니다."

"비연회?"

모두들 잠시 잊고 있었던 이름이다.

"그러고 보면 애초에 합작 제안부터 수상했어요."

호연랑의 말에 모두들 고개를 끄덕였다. 만약 원릉과 구지개의 확신대로 마교가 배후가 아니라면 그들이 관련되어 있을 가능성이 농후했다.

구인자가 이를 갈았다.

"마교든 비연회든 이 한 몸 불사르는 한이 있어도 다 쳐 없애겠소!"

"특히 그 괴여인은 무슨 일이 있어도 반드시 처단하겠어요."

호연랑이 눈빛을 반짝이며 목숨을 건 결의를 보태었다.

그리고 그 결의를 실행할 순간은 너무나 빨리 찾아왔다.

"크아악!"

밖에서 짤막한 비명 소리가 들려왔다. 소림사의 경내에서 들려올 소리가 아니었다.

다시 들려온 몇 개의 비명 소리, 그리고 이어지는 침묵.

모두들 벌떡 자리에서 일어났다.

원릉이 문을 박차고 밖으로 나갔다. 모두들 그 뒤를 따라 나갔다.

밖에는 충격적인 광경이 펼쳐져 있었다. 사지가 절단된 시체가 사방에 널려 있었다. 신음으로 볼 때, 당한 사람이 서넛이라 생각했는데 시체의 숫자는 십여 구가 넘었다. 일격에 몇 사람씩 당한 것이다.

그리고 그 피바다 속에서 누군가 화음신의 손에 붙잡혀 있었다.

원룽이 충격을 받은 듯 비틀거렸다. 그녀의 손에 붙잡힌 사람은 놀랍게도 나한전주 원승이었다.

슈우우우우우!

화음신이 그의 내공을 빨아들이고 있었다. 나한들은 공포에 질린 채 그 모습을 지켜보고만 있었다. 순식간에 동료들이 사지가 절단되어 쓰러졌고 나한전주는 어떻게 당했는지도 모르게 제압당했다. 얼이 빠지지 않는 것이 이상한 상황이었다.

꾸아아악.

마지막의 진신진기까지 빨린 원승이 종잇장처럼 구겨졌다.

툭.

바닥에 떨어진 그를 보는 원룽은 멍한 상태였다. 눈앞에 펼쳐진 광경이 도저히 믿기지 않았다. 그것이 흡성대법이란 것을 깨닫지 못하고 있었다. 그저 무서운 마공이라 생각했다.

아무도 화음신에게 달려들 생각을 하지 못했다. 방금 전, 목숨을 걸고 결의를 다졌던 호연랑마저 그 끔찍한 광경에 뒷걸음질을 치고 있었다. 자신들이 방에서 나오는 그 짧은 순간에 소림을 대표하는 나한전주가 종잇장처럼 구겨졌다. 모두들 공포에 질렸다.

"…안 돼."

원룽의 입에서 힘없는 말이 흘러나왔다. 그는 너무나 큰 충격을 받은 상태였다. 뒤늦게 정신을 차린 나한 하나가 울분을 터뜨리며 달려들었다.

"으아아아악! 죽어!"

결과는 너무나 끔찍했다.

꽈지지직, 퍼억!

나한의 몸에서 심장이 뜯겨 나왔다. 보는 이들 모두가 동시에 비명을 질렀다.

화음신이 머리 위로 그것을 쳐들었다.

퍼어억!

핏물이 주르륵 화음신의 몸에 흘러내렸다.

몇 사람의 나한이 그 자리에 주저앉았다. 너무나 비현실적이었다. 꿈을 꾸는 것 같았다.

원룽이 울분을 터뜨리며 대갈했다.

"이놈!"

그때 뒤에서 누군가 걸어나오며 말했다.

"놈이 아니라 년이지요."

천아진이었다. 혹여 이성을 잃은 원룽이 무리한 출수를 할까 구지개가 원룽 앞을 막아섰다. 죽은 사람은 죽은 사람이고, 일단 산 사람들은 살아야 했다.

"내게 맡기게."

결국 충격을 견디지 못하고 원룽이 그 자리에 주저앉았다.

구지개가 일단 예를 갖춰 물었다.
“그대는 누구시오?”
“천아진이오.”
천아진 역시 기본적인 예를 갖췄다.
“천아진?”
잠시 고개를 갸웃하던 구지개가 깜짝 놀라 소리쳤다.
“사도맹의 천아진?”
“과연 개방주다운 식견이시오.”
“당신? 살아 있었군!”
구지개는 이미 그가 죽었다고 여기고 있었다.
그야말로 난데없는 등장이었는데, 이내 구지개는 이 모든 상황을 이해할 수 있었다.
“설마 배후가 당신이었소?”
천아진이 여유로운 미소를 지었다.
“그렇다고 볼 수 있소.”
“비연회와도 관련이 있소?”
그러자 천아진이 화음신을 힐끔 쳐다보았다.
“그녀가 바로 비연회주였소.”
“아아!”
모두들 탄식했다. 특히 구지개는 크게 절망했다. 천하제일방이라는 이름으로 중원 대륙 구석구석 모르는 곳이 없고 모르는 일이 없다고 자부해 온 개방이다. 하지만 이번 일에 몰락

한 사도맹이 개입해 있다는 사실은 꿈에도 모르고 있었다.

'정말이지, 당해도 싸군.'

구지개가 침울한 눈빛으로 천아진과 화음신을 번갈아 쳐다보았다. 무참한 살육을 벌였지만 이곳의 모두를 죽일 작정은 아닌 듯 보였다.

구지개가 모든 것을 체념한 표정으로 힘없이 물었다.

"원하는 것이 무엇이오?"

상대는 확실한 무력시위를 끝낸 상황이었다. 원하는 것이 무엇이든 들어줄 수밖에 없을 것이다.

"간단하오."

모두의 시선이 천아진에게 집중되었다.

"마교를 이 땅에서 지워 버리는 것이오."

구지개가 깜짝 놀랐다. 자신이 생각지 못한 대답이었다.

'아! 그러고 보니!'

사도맹의 멸망이 마교와 관련된 것을 떠올렸다. 강호에 이런저런 추측들이 난무하지만 구지개는 그 내막을 정확히 알고 있었다. 사도맹은 마교에 의해 멸망했다는 것을.

'어쩌면 살아남을 희망이 있을 수도 있겠군.'

물론 천아진이 하지 않은 말도 있었다.

마교를 이 땅에서 지우고, 다음 정파를 지우고, 그래서 사도천하를 이루겠다는.

구지개가 나직이 물었다.

"목적이 복수요?"

천아진이 가만히 고개를 끄덕였다.

잠시 침묵이 흘렀다.

구지개는 그의 복수심을 이해할 수 있었다. 문제는 동기가 아니라 방법이었다.

"어떻게 마교를 이 땅에서 지우겠다는 말씀이시오?"

천아진이 화음신을 돌아보았다. 화음신을 믿고 있다는 뜻이었다. 물론 그녀의 무시무시한 신위는 이미 확인한 후였다. 하지만 상대는 천마였다.

"천마는 호락호락 당하지 않을 것이오."

구지개의 의심에 천아진이 득의만면한 미소를 지으며 말했다.

"이미 천마는 대패해서 달아났소."

"뭣이?"

구지개는 물론이고 다른 장문들까지 깜짝 놀랐다.

모두들 믿지 못하는 표정이었다. 분명 화음신은 상상도 못할 정도로 강했다. 하지만 그 강함은 잔혹함과 이어져 있는 강함이었다. 하지만 천마의 강함은 달랐다.

천아진이 자신만만하게 말했다.

"이미 마교에 구마령이 내려졌소. 그게 무엇인지는 잘 아시겠지요?"

"구마령이?"

장문들의 입에서 헛바람이 새어 나왔다. 물론 구마령이 무엇인지 안다. 구마령이 내려진 것이 확실하면 천마가 대패했다는 말도 사실일 것이다.

구지개가 놀란 마음을 진정시키며 물었다.

"확인해 봐도 되겠소?"

"물론이오."

구지개가 수하를 불렀다. 바람처럼 달려온 개방도들이 몇 가지 명령을 받고는 다시 어둠 속으로 사라졌다.

천아진이 한옆 바위에 걸터앉았다.

"기다리는 동안 내 곡주 한잔하리다."

품에서 준비해 둔 술병을 꺼냈다. 천아진이 안주도 없이 병째로 술을 마셨다. 달빛을 안주 삼은 그는 여유만만이었다.

그의 술병이 거의 비었을 때, 개방도가 다시 달려왔다.

그가 구지개에게 귀엣말을 전한 후 사라졌다.

구지개가 장문들을 돌아보며 상기된 얼굴로 말했다.

"그의 말이 사실입니다. 마교에 구마령이 떨어졌습니다."

모두들 깜짝 놀랐다. 화음신을 직접 보지 않았다면 절대 믿지 않았겠지만, 이미 화음신의 잔혹하고 가공할 무위를 확인한 그들이었다. 다만 그 무적의 천마마저 화음신에게 당했다는 사실이 놀랍고 당황스러운 것이다.

구지개가 물었다.

"그 정도 실력이면 굳이 우리가 필요하지 않을 텐데. 왜 우릴 찾아온 거요?"

"솔직히 말하지. 난 지금 부상당한 채 달아나고 있는 천마를 찾고 있소. 아시다시피 천마만 죽일 수 있다면 마교를 공략하는 것이 매우 쉬워질 것이오."

"우리에게 그를 찾아달라?"

"그대들 역시 복수가 필요하지 않소?"

잠시 무거운 침묵이 흘렀다. 장문들이 서로를 돌아보며 눈짓을 교환했다. 도통 상대의 의중을 알 수 없었다.

구지개가 다시 물었다.

"우릴 이용만 하고 마지막 순간 배신하지 않는다는 보장이 있소?"

"없소. 하지만 그것은 피차 마찬가지가 아니오?"

"……!"

결국 나중 일은 나중에 처리하고 일단 천마부터 해치우자는 제의였다.

"우리가 합작하면 마교를 섬멸할 수 있겠소?"

"확실히."

"우리가 거절하면 어떻게 되오? 왔던 길을 걸어 돌아갈 거요?"

절대 거절하지 못하게 압박해 놓고 이렇게 합작을 요하는 천아진을 비웃는 말이었다.

천아진이 묘한 웃음을 지었다. 다 죽여 버리고 직접 천마를 찾을 수도 있다는 의중이 담긴 웃음이었다. 그렇다고 상대의 막무가내 제안을 순순히 받아들일 수는 없는 일이었다.

구지개가 힘없이 말했다.

"의논할 시간을 주시오."

"일각 후에 다시 오겠소."

천아진과 화음신이 마치 자신의 집 담을 넘듯 그곳에서 사라졌다.

구지개가 주위의 나한들을 모두 물렸다. 그제야 나한전주의 복수를 해야 한다고 주장하는 나한들이 있었지만 구지개가 야단을 쳐서 내보냈다. 그렇게 나한들이 모두 물러났다. 원릉은 나한전주의 시신을 끌어안고 소리없이 울고 있었다.

구지개가 자신의 직감을 모두에게 말했다.

"거절하면 우릴 모두 죽일 작정입니다."

모두들 같은 느낌을 받았다. 그가 준 이 시간은 그야말로 자신들의 마지막 체면을 챙겨주기 위한 형식적인 시간이었다. 자신들이 제안을 받아들일 것이라 확신하고 있었다.

구지개가 담담히 말했다.

"놈은 우릴 이용해 마교를 없앤 후 마지막에는 우리까지 제거하려 들겠지요."

모두들 고개를 끄덕였다.

"일단 받아들입시다. 그래서 시간을 벌어야 합니다."

그럴 수밖에 없다고 생각했다.

그때 원릉이 불쑥 말했다.

"그대들은 자존심도 없소? 명예도 없소? 차라리 여기서 모두 죽읍시다."

그의 심정을 모르는 바는 아니지만, 그래도 할 말이 아니란 생각이 들어 구인자가 버럭 소리쳤다.

"자존심? 대체 무엇이 자존심이란 말씀이시오? 여기서 다 개죽음당하는 것이 대사의 알량한 자존심이오? 나가서 어린 제자들에게 직접 말해보시오. 다 같이 죽자고! 그게 명예를 지키는 길이라고!"

버럭 내뱉어놓고 말이 심했다고 생각했는지 구인자가 조금 누그러진 어조로 다시 덧붙였다.

"저놈이 우릴 죽이고 우리 제자들을 그냥 둘 것 같소? 오히려 아무 대비책 없는 우리 제자들은 속수무책으로 학살당하고 말 것이오."

원릉의 눈에서 다시 눈물이 흘러내렸다. 이렇게 무기력한 기분은 태어나 처음이었다. 부처께서 왜 이리 큰 시련을 내려주시는지 원망스런 마음이 들 정도였다. 다른 장문들도 모두 비슷한 심정이었다.

이미 정해진 결과를 구지개는 다시 묻고 있었다.

"우리가 할 수 있는 선택은 오직 둘 중 하나입니다. 여기서 개죽음당하느냐, 아니면 후일을 도모할 것이냐."

*　　*　　*

천풍무극동의 네 번째 과정은 본격적이면서도 의외로 간단했다.

은하유성검식의 초식을 처음부터 끝까지 천천히 해나가는 것인데 문제라면 바람의 통로 안에서 해야 한다는 것이었다. 앞서라면 심각했을 이 조건이 이제는 아무 문제가 되지 않았다.

환골탈태를 한 후 바람에 상처를 입지 않게 된 것이다. 정말이지 놀라운 경험이었다.

여전히 풍압은 엄청났는데 예전처럼 짓눌러지진 않았다. 이제는 깊은 물속 깊이 들어가 검을 휘두르는 것과 비슷했다.

"그런데 왜 그렇게 열심히 해?"

이환의 물음에 잠시 적이건의 손길이 멈췄다.

검끝을 향한 적이건의 눈빛에 힘이 들어갔다.

"해야 할 일이 있거든."

"뭔지 말해줄 수 있어?"

"죽여야 할 것이 있어."

이환은 더 이상 아무것도 묻지 않았다.

"왜 누군지 묻지 않지?"

"그냥."

분명 이환의 기분이 가라앉았음을 느꼈다.

적이건이 검을 거두고 바람의 통로에서 걸어나왔다.

"안심해. 죽여야 할 대상이 넌 아니니까."

적이건의 농담에 이환이 가볍게 한숨을 쉬었다.

"사람을 죽이려고 이렇게 힘든 수련을 하는 것이 왠지 안타까워서. 이 노력을 더 가치있는 일에 쓰면 좋았을 것 같아서."

적이건이 피식 웃었다.

"죽여야 할 대상이 사람이 아냐."

"뭐?"

"괴물이야."

이환이 눈을 껌벅거렸다. 이내 이환은 적이건의 말이 어떤 상징적인 것이라 여겼다. 세상에 괴물 따위가 존재하진 않을 테니까. 괴물처럼 나쁜 놈이란 뜻으로 받아들였다.

"너, 세상에 나가고 싶지 않아?"

적이건의 물음에 이환이 단호하게 고개를 내저었다.

"아니."

"왜?"

"그냥 여기서 조용히 사는 것이 좋아."

사실은 그 때문만은 아니었다. 그간 지켜본 적이건은 참 좋은 사람이었다. 그런 그가 누군가를 죽이기 위해 한계를 넘어서는 고통을 참아내고 있었다. 좋은 사람이 독해져야 하는 세상, 이환은 그런 강호가 무서웠다.

"나오면 언제든지 날 찾아와."

"왜? 나가면 뭐 해주게?"

"혹시 알아, 예쁜 여자라도 하나 소개해 줄지?"

"허세는 나가시는 그날 떠셔도 늦지 않습니다요. 아직 그대를 미치게 할 관문이 줄줄이 남았으니까요."

"정말이지 미친 수련동이라니까."

적이건이 다시 검을 뽑아 들고 통로로 걸어 들어갔다.

"앞으로 더 힘들어진다면 말이지……."

힐끔 이환을 돌아보며 적이건이 씩 웃었다.

"나보다 더 힘든 사람들 이야기 몇 개 준비해 줘. 없으면 지어서라도."

이환이 싱긋 웃으며 대답했다.

"너보다 더 힘든 이야기라면… 천하제일의 문필가가 필요한걸?"

*　　　*　　　*

보름 후, 적이건은 네 번째 관문도 무사히 통과했다.

이제 바람의 통로에서 적이건은 자유롭게 움직일 수 있었다. 적이건의 검식은 비교할 수 없이 무거워졌다. 그 무거워진 검에 다시 속도가 붙었다. 내력이 없는 검식의 위력이 내력을 주입한 위력만큼 강해졌다. 적이건은 점점 더 강해지고 있었지만 그럼에도 여전히 은하유성검식의 대성을 이루진 못했다.

아직까진 뭔가 동떨어진 수련이었다.

적이건은 묵묵히 수련에 임했다. 해야 할 일은 의심하고 걱정하는 것이 아니라 마음을 다스리고 한 걸음씩 나아가는 일이었다.

"다음 관문은 여기야."

이환이 한옆의 석문을 열었다. 오랫동안 열리지 않아서인지 먼지가 풀풀 날렸다.

"안에 아무것도 없는데?"

"그래?"

"한 번도 안 열어봤어?"

"당연히."

"모험정신이 어지간히 없으시네."

"성실하고 착하다고 하셔야지."

벽돌로 된 벽으로 둘러싸인 석실에는 아무것도 없었다. 뇌옥 같기도 했고, 면벽 수련을 하는 곳 같기도 했다.

이환이 확인차 다시 한 번 책을 뒤적였다.

"여기 들어가서 수련하는 것 확실해."

"뭐 다른 말 없어?"

"일단 금제한 내공을 풀어도 좋다는데?"

"아? 그래?"

적이건이 기뻐하며 스스로 제압한 혈도를 풀었다. 혈도를 푸는 순간, 단전에 묶여 있던 웅혼한 내력이 적이건의 새 몸을 빠르게 휘돌았다. 온몸이 짜릿했다. 절세기환을 복용한 이후, 내력은 그야말로 이 갑자 반에 육박했다. 거기에 환골탈태를 하면서 내공이 더욱 정순해지고 깊어졌다. 내력 싸움이라면 이제 강호의 그 누구도 두렵지 않은 경지가 된 것이다. 주먹을 내뻗으면 앞을 가로막는 그 어떤 것도 다 파괴할 수 있을 것 같았다.

이환이 다시 덧붙여 말했다.

"모든 것을 뒤집어 생각하라는데?"

"뭘 뒤집어 생각해?"

"그 말만 적혀 있는데?"

적이건이 본능적으로 이번 관문은 뭔가 관념적인 관문임을 직감했다. 내공 금제를 해제한 것으로 볼 때, 내력과 관련이 있을 수도 있었다. 하긴 앞에서 그렇게 굴렸으니 이제 머리를 쓰게 할 때도 되었지. 직접 부딪쳐 보면 뭔가 알 수 있겠지.

적이건이 성큼성큼 석실 안으로 들어갔다.

"그럼 수고해!"

"금방 풀고 나갈 테니 밥이나 차려둬!"

드르릉!

석문이 닫히자 안은 완전히 어둠에 잠겼다.

적이건은 방 가운데 가부좌를 틀고 앉았다.

뒤집어서 생각하라? 뭘 뒤집어 생각해야 할까? 은하유성검식의 심법을 떠올려 보았다. 어떻게 뒤집지? 하지만 그것은 뒤집고 말고 할 것이 없었다. 뒤집어서 운용하면 아무것도 안 되었기 때문이다. 뒤집어서 운용해서 주화입마라도 걸린다면 그 안에 뭔가 있겠지만 뒤집으면 애초에 무공 자체가 성립되지 않았다.

그게 아니면 뭐지?

이런저런 생각을 했지만 뭔가 특별한 해답은 찾을 수가 없었다.

그렇게 얼마나 시간이 흘렀을까?

이렇게 어둠 속에 가만히 앉아 있는 것도 보통 일이 아니었다.

두 시진쯤 지났다 싶었을 때, 드디어 적이건이 참지 못하고 소리쳤다.

"이봐! 뭐 해?"

들리지 않는지 아무 대답도 들려오지 않았다.

"안 들려? 들리면 대답해!"

고래고래 고함을 질렀지만 반응이 없었다.

"대답 안 해? 확 부수고 나간다?"

여전히 아무 대답도 들리지 않았다. 방음벽인가 싶었다.

물론 그렇다고 부수고 나갈 수는 없었다.

적이건이 다시 자리에 앉았다.

심법 수련을 하라는 걸까? 그런데 굳이 이런 어둠 속에서 그런 것을 시킬 필요가 있나? 뒤집어서 생각하라는 말을 굳이 할 필요도 없을 테고.

일단 해보자!

적이건이 정성껏 심법을 운용했다. 한차례 운기행공이 끝나자 내력이 온몸에서 터질 듯 꿈틀거렸다.

구화마공을 거꾸로 운용해 볼까?

은하유성공에 반해 구화마공은 거꾸로 운용할 수 있었다. 한 번도 해보지 않았지만 분명 가능했다. 물론 주화입마를 당할 가능성이 유력했지만.

이내 적이건이 고개를 내저었다. 질풍세가에 전해 내려오는 수련법인데, 다른 무공이 개입될 리 없었다.

그럼 대체 뭐지?

적이건이 안력을 돋우며 주위를 살폈다.

내력을 사용하지 않았음에도 주위가 환하게 보였다.

뭔가 벽에 쓰인 것이 있을까 살펴보았지만, 벽에는 아무것도 쓰여 있지 않았다. 벽의 재질 역시 별다를 것이 없었다. 흔히 볼 수 있는 일반 벽돌이었다. 사면을 다 둘러봤지만 벽에서 특별한 것을 찾을 수는 없었다.

적이건은 이 수련의 목적을 이해할 수 없었다.

이런저런 잡념이 많이 떠올랐다. 들어온 지 다섯 시진은 지난 것 같았다.

적이건이 다시 벌떡 일어났다.

"아! 도저히 못 참겠다."

적이건이 크게 소리쳤다.

"확 부수고 나간다!"

그때 밖에서 이환의 목소리가 들려왔다.

"안 잠겼어. 나오려면 그냥 나와."

"어? 내 말 들려?"

"그럼 안 들려? 바로 문밖에 있는데."

"아깐 왜 대답 안 했어?"

"아까? 잠시 마을에 내려갔다 왔지. 한 시진도 안 걸려 돌아왔는데."

"뭐? 한 시진? 한 시진 만에 왔다고?"

"응."

"나 들어온 지 얼마나 되었지? 다섯 시진? 여섯 시진?"

"아니. 이제 두 시진 조금 더 지났어."

"뭐라고?"

적이건이 깜짝 놀라 주위를 살폈다.

"설마 여기 시간이 느리게 가게 만든 방이야?"

"그런 말은 없는데?"

"그런데 두 시진이란 말이지? 고작 두 시진?"

순간 적이건은 깨달았다. 이런 어둠 속에 가만히 앉아 있어 본 적이 거의 없었다는 것을. 사람이 아무것도 없는 어둠 속에 가만히 있는 것이 생각보다 쉬운 일이 아니란 것을.

설마 이거 인내력 시험인가?

적이건이 고개를 갸웃했다. 인내력을 시험할 거라면 굳이 이런 어둠 속에 가둘 것 같진 않았다. 아니지. 옛날 사람이 만들었으니 어쩌면 인내력을 시험하는 것일 수도 있겠다 싶었다.

"나 이대로 굶길 건가? 안 돼!"

적이건이 절규했다. 아마도 이 안에서 뭔가 깨달음을 얻을 때까지 가둬둘 작정인 것 같았다.

하지만 밖에서 들려온 대답은 의외였다.

"아니. 식사 때 되면 나와서 밥 먹이라는데? 나와. 마침 밥 먹을 시간이야."

드르릉.

문이 열렸다. 적이건이 황당한 표정으로 밖으로 나갔다.

이미 이환은 방금 지어 모락모락 김이 나는 밥을 차려두었다.

"대체 이게 무슨 시험을 하는 거지?"

"그야 나도 모르지. 시키는 대로 할 뿐이니까. 때 되면 먹이고, 시간 되면 안에 넣으라고 되어 있어."

이환이 젓가락을 건넸다.

"일단 밥이나 먹자고."

그렇게 다시 칠 일이 훌쩍 지났다.

적이건은 세 시진 간격으로 석실에 들어갔다가 식사 시간이 되면 밖으로 나와 식사를 했다. 적이건은 점점 말수가 줄어들었다.

지금도 밥을 먹는 내내 아무 말도 하지 않았다. 적이건은 초조해하고 있었다. 아무 해답도 찾지 못하고 칠 일이 지난 것이다. 보상심리로 심법 수련만 실컷 했다.

"너무 조급해하지 마."

"시간이 없어. 이런 데서 시간 낭비할 때가 아니라고."

"어쩌면 이 과정이 시간 낭비는 아닐 거라 생각해."

"그럴지도."

적이건이 대수롭지 않게 대답했다. 적이건은 한시라도 이곳 관문을 통과하고 싶었다.

앞서의 관문들은 고통스러웠지만 그래도 뭔가를 하고 있다는 느낌이 들었다.

하지만 이번 관문은 답답했다. 하는 일이라곤 하루 종일 어둠 속에 처박혀서 운기조식을 하거나 잡생각을 하는 거였다. 시간 낭비란 생각이 들었다.

뒤집어 생각해 볼 수 있는 것은 다 뒤집어봤다. 알고 있는 모든 무공 초식을 이렇게도 뒤집어보고 저렇게도 뒤집어보았다. 하다 안 돼서 물구나무를 서서 운기행공을 해보기도 했다.

뒤집어야 할 것이 무공이 아닌가 싶어 다른 것들을 뒤집어 생각했다. 구파일방의 입장이 되어보기도 했고, 비연회주의 입장이 되어보기도 했다. 부모님 입장이 되어보기도 했고, 두 할아버지의 입장이 되어보기도 했다. 화음신의 입장까지 되어 보았다. 하지만 그뿐이었다. 한마디로 '그래서 어쩌라고?' 였다.

다시 석실로 들어갈 시간이 되었다.

힘없이 걸어 들어가는 적이건을 이환이 응원했다.

"힘내라고!"

적이건이 대답없이 손을 들어 보였다.

들어온 적이건이 항상 앉던 자리에 습관적으로 주저앉았다. 정말 이러다간 성한 사람도 미쳐 버리고 말 것 같았다.

"빌어먹을!"

적이건이 나직이 말했다.

그러자 밖에서 이환이 소리쳤다.

"뭐라고? 안 들려!"

"별거 아냐."

다시 적이건이 힘없이 대답했다. 그러자 이환이 이번에도 못 알아듣고 무슨 소리냐고 물었다.

"됐다고! 닥치라고!"

큰 소리 칠 힘도 없었다. 과연 이환은 못 알아듣고 엉뚱한 소릴 했다.

"밥 안 먹을 거라고?"

이환이 웃는 소리가 희미하게 들렸다.

그 순간 적이건의 눈이 번쩍였다.

"어?"

한 가지 생각이 벼락처럼 머리를 스쳤다.

적이건이 벽으로 달려갔다.

벽에다 얼굴을 대고 이환을 불렀다.

"내 목소리 들려?"

아무 반응이 없었다.

이번에는 조금 더 큰 소리로 말했다.

그러자 이환의 대답이 들려왔다.

"뭐라고?"

더 큰 소리로 그를 불렀다. 그제야 이환이 말을 알아들었다.

적이건의 눈빛이 반짝였다.

"왜 이렇게 큰 소리를 해야 들리는 거지?"

가만히 벽을 응시하던 적이건이 벽돌을 잡았다.

그리고 그것을 쑥 잡아 뽑았다.

투두둑.

벽돌은 쉽게 뽑혀 나왔다.

벽은 이중벽이었다. 벽돌 뒤에 또 다른 벽이 있었다. 이중벽이었기에 소리가 잘 들리지 않았던 것이다.

뒤쪽 벽에는 아무것도 없었다.

적이건이 들고 있는 벽돌을 천천히 돌렸다.

벽돌 뒷면을 쳐다보는 적이건의 얼굴에 기쁨이 번졌다.

"아! 이거였어."

밖에서 이환이 말했다.

"뭐라고?"

적이건이 소리쳤다.

"드디어 이 관문의 비밀을 풀었어!"

"정말?"

"해답은 정말 간단했어. 뒤집어 생각하란 것이 꼭 생각을 뒤집으란 뜻이 아니었어."

그것은 일종의 함정이었다. 이 관문은 세상을 살아가는 데 도움이 될 교훈을 주고 있었다. 복잡한 문제일수록 해답은 단순하다는, 관념보다 현실에 주력하라는, 그리고 가장 중요한 것을 알려주고 있었다.

적이건이 벽돌을 뒤집어서 원래 자리에 박아 넣었다.

뒤쪽 면에 깨알 같은 글자가 쓰여 있었다.

투두둑.

다시 옆의 벽돌을 뽑아 뒤집어서 꽂아 넣었다. 역시 그 벽돌의 뒷면에도 글자가 새겨져 있었다. 적이건이 석실 안 벽의 벽돌을 모두 바꾸어 넣었다.

사방 벽에는 깨알 같은 글자가 잔뜩 적혀 있었다. 그림도 그려져 있었다.

은하유성검식을 창안한 질풍세가의 선조가 남긴 글이었다. 은하유성검식의 해법은 물론이고 무공 전반에 대한 깨달음이 적혀 있었는데, 그것은 과거에 두 할아버지에게 전수받았던 무리보다 더 깊고 뛰어난 것이었다.

적이건의 두 눈이 감격으로 일렁였다.

밖에서 이환의 말소리가 들렸다.

"대체 무슨 일이야?"

적이건이 밖을 향해 큰 소리로 말했다.

"당분간 밥은 너 혼자 먹어야겠다!"

*　　　*　　　*

오늘도 변함없이 이환은 이 인분의 식사를 준비했다.

모락모락 김이 나던 된장국이 다 식을 때가 돼서야 이환이 젓가락을 들었다.

적이건은 오늘도 나오지 않고 있었다.

뭔가를 알아냈다고 말한 것이 열흘 전이다. 그 이후 적이건은 석실에서 나오지 않았다.

"배도 안 고픈가?"

이환이 힐끔 석문을 쳐다보았다. 닫힌 석문은 열릴 생각을 하지 않았다. 뭔가 적이건에게 중요한 순간이란 것을 느낄 수 있었다.

이환은 지난 열흘간 적이건을 방해하지 않으려고 노력했다.

발소리를 내지 않으려고 뒤꿈치를 들고 다녔고, 매일 하던 청소도 안 했고, 될 수 있음 석실 근처에 가지 않았다.

하지만 열흘이 지나자 이제 슬슬 걱정이 되기 시작했다.

석실에는 먹을 것이 아무것도 없었다. 배가 고파서라도 못 버틸 것 같은데. 혹시 탈진해 쓰러진 것이 아닌지 걱정이 되었다.

"뭐, 괜찮겠지."

이환이 그릇을 치웠다.

바로 그때였다.

스르릉.

거짓말처럼 석문이 열리며 적이건이 걸어나왔다.

이환이 놀라 아무 말도 못하고 멍하니 적이건을 쳐다보았다.

적이건은 들어갈 때보다 조금 초췌해 보였다. 뭔가 눈빛이 더 깊어진 것 같기도 하고 아닌 것 같기도 하고.

이환이 손을 좌우로 흔들며 자신을 알아볼 수 있느냐고 시늉했다.

적이건은 멍한 눈빛으로 그대로 서 있었다.

이환이 조심스럽게 물었다.

"나 가까이 가면 놀래키려는 거지?"

그러자 적이건이 피식 웃었다.

"눈치챘어?"

변함없는 목소리에 이환이 환하게 웃었다. 혹시 주화입마에 빠졌을까 살짝 긴장하고 있었다.

"이제 다 끝난 거야?"

적이건이 웃으며 대답했다.

"나 이제 조금 더 잘 알 것 같아."

자신감이 넘치는 눈빛이었다. 조금이 아니라 많은 것을 알아냈을 것이란 생각이 들었다. 패기만만하고 강렬하던 적이건의 기도가 차분해진 것과도 관련이 있을 것이다.

어쨌든 이환은 느꼈다.

'더 강해졌어.'

이환이 성큼성큼 걸어가 적이건을 힘차게 안았다.

"수고했다."

"징그럽게."

이환은 여전히 감격하고 있었다. 자신이 이곳을 맡은 이후 첫 도전자였고, 감히 단언컨대 가장 훌륭한 도전자로 기억될 것이다.

"배고파 죽겠다."

"그래, 먹자. 잠시만 기다려."

이환이 서둘러 밥을 차렸다.

잠시 후 나온 것은 죽이었다. 굶다가 갑자기 밥을 먹고 탈이 날까 걱정이 된 것이다.

적이건이 피식 웃었다. 이환의 배려가 너무나 고마웠다.

죽 한 그릇을 게 눈 감추듯 뚝딱 해치웠다.

"더 줄까?"

"응, 한 그릇 더."

이환이 솥째 죽을 가져왔다. 적이건이 아예 솥단지를 끌어안고 죽을 먹기 시작했다.

"너무 과식하지 마."

"고마워."

"내 일인데. 그깟 죽 끓여준 걸로 고맙긴."

"죽 말고. 네 덕분에 비밀을 풀었어."

"뭐? 정말?"

적이건이 고개를 끄덕였다.

이미 석실 안의 석벽은 원래대로 돌아가 있었다. 적이건은 다시 벽돌을 뒤집어놓았다. 앞서의 관문을 통과해 이곳까지 올 수 있는 사람이 과연 있을까란 생각이 들었지만 어쨌든 관문은 관문이니까.

적이건은 석벽에 새겨진 글로 정말 많은 것을 배웠다.

오래된 선인이 남긴 글이었기에 현재의 무공 원리와 상충되는 것들도 있었다. 오히려 그런 점들이 큰 도움이 되었다. 구화마공에 대해서도 느끼는 바가 많았다. 지금까지 생각하지 못했던 점을 깨달았다. 석실을 나올 때쯤에는 구화마도식의 후반 초식 중 마지막 초식인 심마도(心魔刀)를 생각하게 만들었다. 적이건은 깨달았다. 자신이 심검지경의 초입에 이르렀다는 것을.

당연히 은하유성검식은 이론상으로는 완벽히 대성에 이르

렀다. 이제 남은 것은 그것을 활용해서 몸으로 대성을 이루는 것이었다. 어려울 수도 쉬울 수도 있었다.

이환이 나직이 말했다.

"이제 마지막 관문이 남았군."

이전이라면 또 남았냐며 죽는시늉을 했겠지만 이젠 달랐다. 어서 빨리 마지막 관문에 들어가고 싶었다. 그래서 석벽에서 배운 무공의 이론들을 직접 사용해 보고 싶었다.

배불리 먹은 적이건이 자리에서 일어났다.

"자, 마지막 관문은 뭐지?"

이환이 마지막 석실로 적이건을 안내했다.

"여기가 마지막 관문이야."

"그렇군."

"이곳은 정말 힘든 관문이 될 거야. 책에도 나와 있어. 목숨을 걸어야 한다고."

"이전까지는 아니었고?"

적이건의 말에 이환이 씩 웃었다. 이환은 믿었다. 적이건은 마지막 관문도 멋지게 통과할 것이다.

적이건이 망설이지 않고 돌아섰다.

"그럼 다녀올게. 돼지 잡아놓고 기다려."

"잠깐."

이환의 표정이 심상치 않았다. 과연 섭섭한 표정만큼이나 아쉬운 말이 이어졌다.

"이번 관문은 실패를 하든 성공을 하든 반대쪽으로 나가게 되어 있어."

"그래?"

"여기서 작별 인사 해야지."

섭섭한 마음이 들었다. 깊은 우정이 느껴졌다. 그것은 무영과의 우정과는 다른 느낌이었다. 무공 하나 못하는 이환이다. 자신과 여러모로 어울리지 않았다. 그럼에도 처음으로 진정한 친구를 사귄 기분이었다. 헤어지기 싫었다. 그랬기에 적이건은 더욱 단호히 말했다.

"잘 있어."

"잘 가, 친구."

마지막 관문이 열렸다.

문이 닫히기 전에 적이건이 웃으며 말했다.

"다음에 꼭 놀러 올게, 친구."

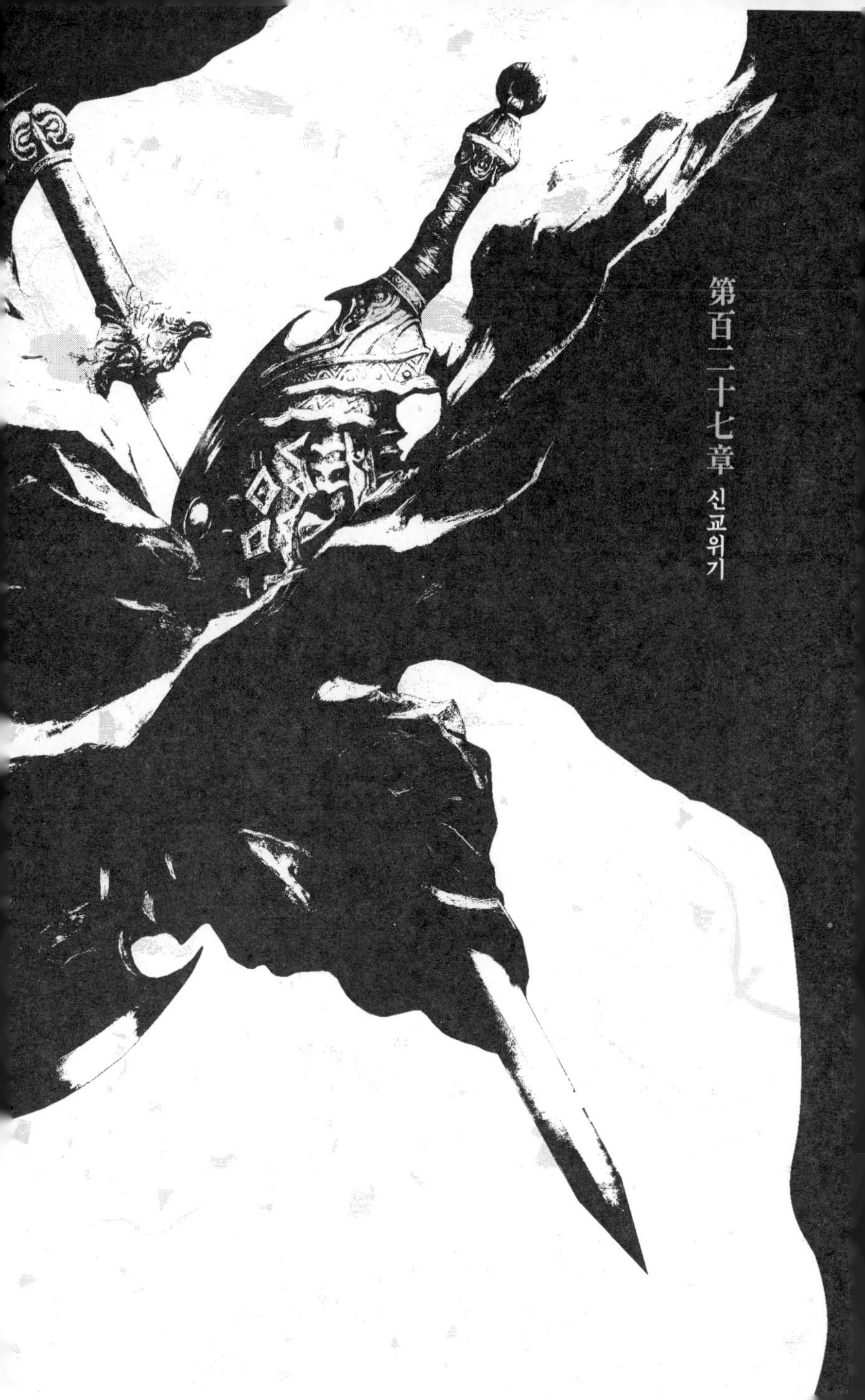

第百二十七章 신교위기

絶代
君臨
절대군림

숲 너머로 개소리가 점점 크게 들려왔다.

천마가 숨어든 안가(安家) 근처 숲에 수십 명의 무인들이 모습을 드러냈다. 사납게 생긴 개를 앞세우고 모습을 드러낸 이들은 바로 개방의 거지들이었다.

개 줄을 잡은 개방도가 개를 조용히 시켰다.

저 멀리 작은 모옥이 보였다. 개 줄을 잡은 개방도가 뒤쪽의 사결제자 홍구개에게 나직이 보고했다.

"저곳입니다. 저곳으로 마기가 이어져 있습니다."

마기를 추격해 온 것은 사람이 아니었다. 도사견처럼 사납게 생긴 개 두 마리, 그것들이 바로 추마견(追魔犬)이었다.

마기를 감지하고 쫓도록 훈련된 개였다. 추마견은 사람이 느끼지 못하는 미약한 마기를 잡아내 추격했다. 개방이 보유한 추마견은 모두 두 마리였는데, 개방은 이번에 그 두 마리를 모두 동원했다.

홍구개 뒤로 방갓사내들이 모습을 드러냈다. 이번 추격은 개방과 방갓사내들의 합작이었다.

일반 개방도들은 자신들이 천마를 뒤쫓고 있다는 사실은 알지 못했다. 천마에 대한 두려움 때문에 작전에 차질을 빚을까 비밀 유지를 한 것이다. 사실을 아는 것은 홍구개와 방갓사내들뿐이었다.

"저곳인 듯하오."

홍구개의 말에 방갓사내가 고개를 끄덕이며 동료들에게 신호를 보냈다. 뒤쪽에 대기하던 오십여 명의 방갓사내들이 모옥을 중심으로 사방으로 흩어졌다. 그들이 은밀히 포위망을 형성하던 그때였다.

쉭쉭!

두 자루의 비수가 날아들었다.

목표는 방갓사내가 아니었다. 개 줄을 잡고 있던 개방도였다.

개방도가 몸을 뒤집으며 쓰러졌다.

"암습이다!"

"조심해!"

쇄애애액!

이번에는 검기가 날아들었다. 이번 목표는 개방도나 방갓사내가 아니었다.

캐애앵!

추마견 한 마리가 몸을 뒤집으며 쓰러졌다.

홍구개가 발작하듯 소리쳤다.

"추마견, 추마견을 지켜!"

또 다른 검기가 남은 추마견에게 날아들었다.

퍼억!

개방도가 몸을 던져 검기를 막았다.

"크악!"

그의 희생으로 한 마리의 추마견을 살려냈다. 방갓사내들은 그냥 지켜보고만 있지 않았다.

검기가 날아들었던 곳으로 검기가 쏟아졌다.

파파팍! 팍팍!

나무가 잘려 나갔다. 하지만 검기를 날린 이는 이미 반대쪽으로 달아난 후였다.

쉭쉭!

다시 반대쪽으로 암기가 날아들었다. 뒤에 서 있던 개방도들이 비명을 지르며 쓰러졌다. 혼란한 틈을 노리고 다시 추마견에게 암기가 날아들었다.

팅! 티잉!

홍구개가 봉을 휘둘러 암기를 튕겨내며 소리쳤다.

"당황하지 말고 추마견을 지켜라! 놈들은 몇 놈 안 된다!"

개방도들이 남은 추마견을 포위하듯 둘러쌌다.

기습을 가한 이들은 적호단의 무인들이었다. 그들은 추마견의 존재를 알았다. 추마견을 죽이지 못하면 달아나도 결국 추격을 당한다는 것 또한 알았다.

쉬쉭쉭!

집요하게 추마견을 노렸지만 개방도들 역시 악착같이 추마견을 지켰다.

그사이 방갓사내들이 안가로 쇄도해 들어갔다.

창창창창창!

그들을 막는 적호단 무인들과 일전이 벌어졌다.

양쪽 무인들의 실력은 적호단 무인들의 실력이 반수에서 한 수 정도 앞서고 있었지만 방갓사내들은 숫자가 더 많았다. 백중세의 싸움이 벌어졌다.

그때 홍구개가 소리쳤다.

"저기다!"

누군가를 업고 달려가는 무인의 모습을 발견한 것이다.

"저기도! 저기도 있습니다!"

또 다른 누군가를 업은 이들이 서로 다른 방향으로 내달리기 시작했다.

지켜보던 방갓사내의 눈빛이 번뜩였다.

"저자가 진짜다!"

그가 확신하며 몸을 날렸다.

달아나는 상대가 범강임을 확인한 것이다.

"어디서 하찮은 속임수를!"

홍구개는 범강이 적호단주란 것을 예전 개방도가 몰살당할 때 확인했었다. 적호단주는 절대 천마 곁을 떠나지 않는다는 것도 알았다. 범강이 업은 이가 천마가 확실했다.

범강의 경신법은 쏜살같았다. 개방도들과 방갓사내들이 그 뒤를 추격하기 시작했다. 이미 들통이 났다고 판단한 적호단 무인들이 필사적으로 그들을 막았다.

그렇게 그들이 모두 사라졌을 때, 안가의 비밀 통로가 열리며 누군가 나왔다.

진짜 천마를 업고 나온 이는 놀랍게도 적수린이었다.

적수린이 아니었다면 범강은 절대 천마 곁을 떠나지 않았을 것이다.

적수린이 그들이 떠난 반대쪽으로 몸을 날렸다.

깔끔하면서도 표홀한 신법이었다. 적수린이 천마가 부상을 치료하며 숨어 있던 안가를 방문한 것은 불과 반 시진 전이었다. 유설하에게 배운 적호단의 표시를 따라 무사히 이곳까지 올 수 있었다. 오직 천마와 그 일가만이 확인할 수 있는 표시였다.

적수린의 방문에 천마는 시큰둥한 반응이었다. 원래 둘 사이가 그랬으니 적수린은 조금도 마음에 담지 않았다.

그러던 방금 전, 개방과 방갓사내들이 기습을 해온 것이다. 문제는 방갓사내들이었다. 정면대결을 하기에는 그 숫자가 너무 많았다. 화음신이 지원이라도 온다면 낭패를 당할 일이었다. 결국 적들의 이목을 따돌리기 위해 이렇게 분산작전을 시행한 것이다.

그렇게 얼마나 달렸을까?

업혀 있던 유진천이 잠시 쉬어가자고 말했다.

적수린이 맑은 물이 흐르는 냇가에 멈춰 섰다. 조심스럽게 천마를 내려놓았다. 두 사람이 손으로 냇물을 떠서 마셨다.

적수린을 빤히 쳐다보며 유진천이 불쑥 물었다.

"기분이 좋은가?"

"네?"

"내가 이런 꼴을 당하니 기분이 좋겠지."

유진천이 단정했다. 그의 심기는 꽤 불편했다.

"그럴 리가 있겠습니까?"

적수린이 담담히 대답했다.

유진천이 코웃음을 쳤다. 물론 적수린이 그런 사람이 아니란 것 누구보다 잘 안다. 그에 대한 적대적인 감정이라기보단 일종의 심술에 가까웠다. 사위 보는 앞에서 자존심을 단단히 구긴 것이다. 그것도 평소 얼마나 도도히 대한 사위였던가?

유진천이 이를 악물었다.

"빌어먹을!"

화음신과의 일전에서 패배한 것은 오히려 화가 나지 않았다. 그런 존재가 있다는 것에 대한 신선한 충격 때문이었다. 또한 복수를 하겠다는 일념도 있었다.

하지만 개방이나 방갓사내 따위에게 이렇게 쫓기는 신세가 된 것은 정말 화가 났다.

적수린이 화를 풀어줄 요량으로 넌지시 말했다.

"마공에 상극이 되는 존재라 들었습니다."

유진천이 힐끔 적수린을 쳐다보더니 이내 고개를 끄덕였다.

"마땅한 세상의 이치지."

물론 구화마공에도 그런 이치가 적용될 줄은 생각지 못했지만.

잠시 침묵이 흘렀다. 둘의 관계를 볼 때 지금 상황에서 자연스럽게 대화가 오간다면 그것이 오히려 이상한 일이었다.

유진천이 물었다.

"설하가 보냈나?"

"…네."

짤막한 대답에 잠시 망설임이 있었다.

유진천은 거짓말이란 것을 알았다. 적수린이 먼저 나서서 온 것이리라.

"내 딸의 어디가 그리 좋던가?"

갑작스런 질문에 적수린이 당황했다.

"그, 그냥 첫눈에 반했습니다."

유진천이 다시 코웃음을 쳤다. 적수린이 얼굴이 빨개져 고개를 숙였다. 그 모습이 아주 밉지는 않았기에 유진천이 담담히 말을 이었다.

"그때는 정말 화가 많이 났지."

적수린이 면목없는 얼굴로 고개를 숙였다.

"설하가 너를 만나지 않았다면 어쩌면 본 교 역사상 최초의 여교주가 되었을지도 모른다."

그 말에 적수린이 깜짝 놀랐다. 설마 유진천이 그런 마음을 가지고 있었다는 것을 짐작도 못했다. 살면서 그에 대해 한 번도 얘기한 적이 없었으니 유설하 역시 마찬가지일 것 같았다.

단 한 사람, 그에 대해 짐작하고 있는 이가 있었다. 그는 바로 소교주 유설찬이었다. 그는 아버지가 여동생을 그리워하며 이십 년의 세월을 보내는 것을 옆에서 지켜보았다. 그는 기분 나빠하지 않았다. 아버지가 그런 생각을 가지는 것이 오히려 당연하다고 생각했다.

그는 유설하의 천재적인 재능을 인정했다. 유설하의 그 시원시원한 성격이 오히려 교주의 자리에 더 어울린다고 생각했다. 어쩌면 진정 유설하가 교주가 되기를 바라는 것은 유설찬 자신일지도 몰랐다.

적수린이 담담히 대답했다.

"설하는 그런 삶을 원하진 않았을 겁니다."

그러자 유진천의 눈빛이 사나워졌다.

"그런 삶?"

"네."

"강호의 지존으로 살아가는 일이다."

"그렇다고 가장 행복한 삶은 아니겠지요."

"건방진 놈!"

적수린은 여전히 고개를 숙인 채였다. 감히 유진천을 마주 보며 그런 말을 할 용기는 없었다. 자신으로 얼마나 큰 상심을 했을지 이제는 잘 알기 때문이다. 하지만 그렇다고 그 앞에서 자신의 삶을 부끄러워하고 싶지 않았다. 부정하고 싶지 않았다.

유진천이 노기 어린 음성으로 물었다.

"행복의 기준이 대체 무엇이더냐? 고작 변방에서 과일이나 파는 것이더냐?"

적수린은 아무 대답도 하지 못했다.

"인간은 적응의 동물이다. 설하는 그 삶에 적응했을 뿐이다. 바꿀 수 없었기에 그걸 행복이라 믿고 살았겠지."

"……."

"너는 남자로서 더 나은 삶으로 그녀를 행복하게 해줄 수 있지 않았느냐? 행운유수? 지랄한다! 숨어 산다고 굳이 그런 궁상을 떨어야 했더냐!"

적수린은 고개를 들지 못했다. 자식을 낳아 키우는 입장에서 부모의 당연한 추궁이란 생각이 들었다. 특히 딸 가진 부모라면 더욱.

적수린의 얼굴 가득 번지는 미안함을 보고서야 천마가 노기를 가라앉혔다.

"앞으로 잘해줘라."

"…네."

"이만 가지."

적수린이 다시 유진천을 업고 달리기 시작했다.

한참 동안 두 사람은 아무 말도 하지 않았다.

* * *

"조심! 조심하라니까!"

작업반장 왕손(王孫)이 고함을 질렀다.

언제나 물건이 들어오는 이 시간이면 창고는 그야말로 북새통에 아수라장이 되기 일쑤였다. 짐을 내리기 위해 수십 대의 마차가 줄을 서 있었고, 웃통을 벗은 수십 명의 인부들이 땀을 흘리고 있었다.

한옆에서 그 모습을 지켜보는 이가 바로 이곳의 책임자인 원홍(元虹)이었다.

"손아! 왕손아!"

그의 부름에 목청을 높여 인부들을 지휘하던 왕손이 재빨리 달려왔다.

"부르셨습니까?"

"양 대인 물건 들어왔나?"

"아직입니다."

"왜 이리 늦장이야. 요즘 계속 이 지랄이네."

"그게… 들리는 말로는 흑묘방(黑猫幫)과 새로 배를 맞춘 모양입니다."

"흑묘방?"

"네. 이번에 새로 들어선 신흥 흑회입니다. 여기저기서 한 백 명쯤 끌어 모은 모양입니다."

"그깟 파락호 놈들을 믿고 우리에게 등을 돌렸다 이 말이지? 양가 이 새끼, 하라는 삽질은 안 하고 지 무덤만 열나게 파대는군."

"일단 애들 풀어 진상을 알아보고 있습니다."

"진상이랄 게 뭐 있겠어? 한 푼이라도 더 처먹겠다는 거지."

그때였다. 저 멀리 작업하던 쪽이 시끄러워지더니 이내 비명 소리가 들려왔다. 인부들이 겁에 질려 사방으로 흩어졌고, 그 사이로 병장기를 든 삼십여 명의 사내들이 기세 좋게 걸어오고 있었다.

그 서슬 퍼런 기세에도 원홍은 전혀 동요하지 않았다.

"뭐냐, 저놈들은?"

가만히 그들을 살피던 왕손이 대답했다.

"흑묘방인 것 같습니다. 그 소문이 사실인 모양입니다."

"미친 새끼들! 여기가 어디라고! 뭐 해? 광철이 불러!"

"네, 알겠습니다."

왕손이 뒤쪽으로 뛰어갔다.

그사이 흑묘방의 무인들이 원홍에게로 다가왔다.

"당신이 이곳 책임자요?"

물어온 사람이 바로 흑묘방주 양대(陽大)였다. 요즘 새롭게 뜨고 있는 흑회의 수장답게 꽤나 사나운 인상에 배짱이 두둑해 보였다.

"그렇소. 내가 이곳의 책임자요."

"나 흑묘방주요."

"그러시오?"

뻣뻣한 원홍의 반응에 양대가 피식 웃었다.

뒤쪽에 늘어선 수하들은 험악한 인상의 애들만 뽑아왔다. 게다가 시퍼런 칼과 도끼를 차고 있으니 어지간하면 감히 마주 보지도 못할 기세였다.

'하긴 이 정도 깡다구도 없이 버텨오진 못했겠지.'

원홍은 인근의 모든 물류 유통을 독점하고 있었다. 그가 다루는 액수만 해도 일 년에 만 냥이 넘는다고 알려져 있었다. 목숨을 걸고 달려들 이권이 걸려 있는 것이다.

"그래, 흑묘방주께서 이 누추한 곳엔 무슨 일로 행차하셨소?"

"앞으로 우리 물건은 우리가 직접 유통하겠소."
"그러시지요."
"기왕 하는 김에 양 대인 물건도 우리가 하지요."
가만히 흑묘방주를 응시하던 원홍이 경고하듯 말했다.
"과식은 반드시 배탈로 이어지는 법이지요."
"난 워낙 위장이 크고 튼튼해 그런 걱정은 하지 않아도 되오."
그때 원홍의 뒤에서 누군가 큰 소리로 말했다.
"그 위장 얼마나 큰지 직접 열어봐야겠군!"
왕손과 함께 걸어오는 사내가 바로 광철이었다. 그는 작은 키에 탄탄한 근육질의 체형을 지닌 사내였다. 옆구리에 작은 손도끼를 차고 있었는데, 왠지 검이나 도보다는 그에게 잘 어울렸다.
양대가 조심스럽게 물었다.
"누구신지?"
분명 한 수 있는 자가 나온 것이 틀림없다고 양대는 확신했다. 이렇게 큰 이권을 수십 년간이나 해먹었는데 제대로 된 칼잡이 하나 없을 리 없었다.
"심보 고약한 새끼 배를 가르는 것이 취미인 사람!"
광철이 원홍을 힐끔 돌아보았다. 일 처리를 묻는 눈빛이었다.
원홍이 담담히 말했다.

"다 죽이진 말고, 몇 놈만 본보기로 손봐주지."
광철이 씩 웃었다.
"그러지요."
흑묘방 사내 몇이 병장기를 빼어 들고 앞으로 나섰다.
광철이 웃으며 말했다.
"내가 광철이라 불린다. 왠 줄 아냐? 미칠 광(狂) 자에 쇠 철(鐵)을 쓰지. 미친 쇠란 말이지. 미친 쇠한테 대가리 안 쪼여봤지?"
양대가 버럭 소리쳤다.
"개소리 그만 지껄이게 입을 잡아 찢어!"
쉬이익!
먼저 몸을 날린 것이 광철이었다.
꽈직!
광철의 도끼에 가운데 사내의 머리통이 반으로 쪼개졌다.
"이히힉!"
그 한 수에 옆에 사내들의 기가 죽었지만 광철의 도끼는 인정사정없었다.
퍽! 퍼어억!
사내들이 검을 휘둘러 댔지만 애초에 실력 차이가 엄청났다.
순식간에 처음에 나선 흑묘방 사내들이 모두 머리가 부서진 채 바닥에 쓰러졌다.

그 모습에 모두들 치를 떨었다.

광철이 광기 어린 눈빛으로 피가 뚝뚝 떨어지는 도끼를 양대에게 내밀었다.

“너 이 새끼, 배 안에 뭐가 들었는지 구경 함 하자.”

양대가 코웃음을 쳤다.

“후후, 제법이군.”

그가 뒤쪽을 돌아보았다.

수하들 사이에서 방갓을 눌러쓴 사내가 걸어나왔다.

함께 온 파락호들과는 완전히 기도가 다른 사내였다.

광철의 표정이 진지해졌다. 한눈에 상대의 실력이 보통이 아님을 알아차린 것이다.

지켜보던 원홍의 표정 역시 굳어졌다.

“조심해!”

원홍의 말에 광철이 고개를 끄덕였다.

광철이 조심스럽게 사내의 주위를 돌았다.

쇄애애액!

도끼가 허공을 날았다. 광철이 사정없이 도끼를 던진 것이다.

사내가 가볍게 도끼를 피했다.

퍽!

뒤에 서 있던 애먼 사내가 도끼에 맞고 쓰러졌다.

광철이 또 다른 도끼를 뽑아 들고 달려들었다.

쉬이이익!
따다다당!
도끼와 검이 부딪치며 불꽃이 튀었다.
하지만 광철의 실력은 방갓사내에게 십초지적도 되지 못했다.
서걱!
광철의 심장이 갈라져 그 자리에서 쓰러졌다.
원홍의 표정이 완전 심각해졌다.
양대가 낄낄거리며 말했다.
"하하하, 내가 아무런 방책도 없이 왔겠소?"
"큰소리칠 만하오. 원하는 대로 해주겠소. 이제부터 유통은 당신이 맡으시오."
"이 자리서 계약서를 써주셔야겠소만."
"그러지요."
원홍이 너무 흔쾌히 허락하자, 양대는 오히려 의심이 들었다.
"이렇게 쉽게 포기하다니? 무슨 수작을 부리는 것 아니오?"
"돈도 좋지만 목숨이 더 귀한 법이지요."
단순한 양대가 곧바로 의심을 거뒀다.
"하하하! 다음에 만나면 술이나 한잔합시다."
"그럽시다."
양대가 준비해 온 계약서를 꺼냈다.

왕손이 가서 그것을 받았다. 왕손이 돌아서는데,

푸욱!

방갓사내가 망설이지 않고 왕손의 등을 찔렀다. 외마디 비명과 함께 왕손이 절명해 쓰러졌다.

"히이익!"

원홍보다 더 놀란 사람이 바로 양대였다. 방갓사내는 자신의 수하가 아니었다. 이번 일에 특별히 고용한 고수였는데 오히려 방갓사내가 먼저 자신에게 접근해 와서 오늘의 일이 성사되었다. 한데 잘 풀리던 일이 갑자기 이상하게 흘러가기 시작한 것이다.

"대체 왜?"

뭐라고 물으려던 양대가 조개처럼 입을 다물었다. 방갓사내가 서슬 퍼런 기세로 자신을 돌아본 것이다.

건물 뒤쪽에서 십여 명의 인부들이 천천히 걸어나왔다. 아까 겁을 먹고 흩어졌던 이들이다.

지금 그들에게는 두려움에 떨던 아까의 모습은 온데간데없었다.

또 다른 사내 하나가 십여 자루의 검을 가져왔다. 인부들이 자신의 검을 찾아 들었다.

양대는 그들이 일반 인부가 아님을 한눈에 알아보았다. 그렇다고 흑회의 파락호들도 아니었다.

'진짜 강호인들이다.'

양대가 침을 꿀꺽 삼켰다.

'빌어먹을! 대체 일이 어떻게 돌아가는 거지?'

어째 일이 잘 풀린다 했다.

방갓사내는 이런 상황을 예상했는지 매우 담담했다.

원홍이 싸늘히 말했다.

"우리가 누군지 알고 있나?"

"그야……."

"닥쳐! 너 말고!"

괜히 나섰다가 양대가 찔끔 놀라 물러섰다.

원홍이 방갓사내에게 다시 물었다.

"알고 왔나?"

그러자 방갓사내가 대답했다.

"마교 선도 분타주 흑사검(黑蛇劍) 원홍."

그 말에 가장 큰 반응을 보인 것은 양대였다.

"어이쿠!"

양대가 뒤로 쓰러졌고, 그를 받아 든 수하들 역시 놀라 두 눈을 둥그렇게 떴다.

원홍이 불안함을 억누르며 담담히 물었다.

"알고 왔다?"

뒤늦게 나선 이들은 인부들로 위장되어 있던 분타의 마인들이었다. 일류급 고수 둘에 이류급이 여덟. 자신까지 일류고수는 셋. 막강까진 아니더라도 간단히 상대할 무력은 아니었다.

그런데도 저 여유는?

원홍이 다시 물었다.

"혼자 왔나?"

방갓사내가 피식 웃었다.

"뭐 대단한 놈들이라고. 마교의 개잡종 몇 마리 쳐 죽이는데."

그에 비해 고래 틈에 깔린 새우 신세가 된 양대가 울먹이며 말했다.

"저희는 이만 가보겠습니다. 그럼 계속 수고하십시오!"

그들이 슬금슬금 돌아서려는데,

"기다려!"

방갓사내가 소리쳤다.

"이놈들 시체를 치워야지!"

"어이쿠!"

마인들의 시체를 파묻는 일을 했다간 평생 도망자 신세가 되어야 한다는 생각에 양대가 머리를 감싸 쥐었다.

쇄애애액!

십여 명의 마인들이 일제히 날아들었다.

방갓사내의 검이 허공을 갈랐다.

합공이었지만 방갓사내를 감당해 낼 수 없었다. 한 번 맞붙고 떨어졌다 다시 붙었을 때, 두 명의 마인이 쓰러졌다.

원홍은 수하들만으로 그를 상대할 수 없다는 것을 깨달았다.

원홍이 몸을 날리려던 그 순간,

푹!

살이 찢기는 소리와 함께 원홍의 두 눈이 커졌다.

'어느새?'

등 뒤에서 또 다른 방갓사내가 그를 기습한 것이다.

"분타주님!"

마인 하나가 다급한 외침을 내지르며 달려왔다.

쉬이익, 퍽!

하지만 방갓사내의 일검에 가슴이 꿰뚫렸다. 이 방갓사내 역시 앞서의 방갓사내만큼이나 고수였던 것이다.

두 방갓사내는 이미 사기가 꺾일 대로 꺾인 마인들을 순식간에 도륙했다.

"으아아아아!"

그 끔찍한 광경에 양대가 비명을 질렀다. 방갓사내가 다가오자 다음 차례가 자신이라 생각했던 것이다.

하지만 방갓사내는 그를 죽이지 않았다.

"깨끗이 치워라."

누구 명이라고 거역할까?

"네, 네!"

양대가 직접 달려가 시체를 치웠다.

두 방갓사내가 마주 보며 웃었다.

"간단하군."

"이깟 놈들쯤이야."
그때였다.
"아아악!"
양대가 비명을 내질렀다. 가슴에 비수가 꽂힌 그가 뒤로 벌러덩 쓰러졌다.
벌떡 일어나 달리는 사내는 죽은 줄 알았던 바로 왕손이었다.
왕손이 비틀거리며 건물 옆으로 달려갔다.
방갓사내들이 느긋하게 그쪽으로 걸어갔다.
왕손이 건물 옆에 쌓아둔 상자에서 무엇인가 꺼냈다.
다음 순간, 왕손의 손에서 무엇인가 터져 올라갔다.
피이이융! 펑! 펴엉!
구조 신호를 쏘아 올린 것이다. 이제 인근 지단에서 동료들이 몰려올 것이다. 다행히 자신들의 분타는 호북지단과 가까운 곳에 위치해 있었다. 방갓사내들이 달아난다 해도 어떻게든 추격해 척살할 것이다. 왕손은 그렇게 믿었다. 그래서 웃으면서 말했다.
"너희도 곱게 죽진 못할 거다."
푸욱!
왕손이 스스로 비수로 목을 찔러 자결했다.
그럼에도 방갓사내들은 느긋했다. 그들이 하늘을 수놓는 폭죽을 올려다보며 말했다.

"아름답군."

*　　　*　　　*

피이잉! 펑! 펑!

왕손이 그토록 바라던 구조 신호를 동료들이 올려다보고 있었다.

하지만 폭죽을 바라보는 그들의 눈동자는 움직이지 않았다. 그들은 모두 눈을 부릅뜬 채 죽어 있었다.

그 모습을 대신 올려다보는 이들이 있었다. 앞서 선도 분타를 습격한 이들처럼 방갓을 쓴 사내들이었다.

무관으로 위장된 호북지단의 연무장에는 시체가 산처럼 쌓여 있었다. 이백 명이나 되는 마인들이 있는 곳이었지만 스무 명의 방갓사내들의 기습을 당해내지 못했다. 워낙 상대가 고수들인데다 기습까지 당하는 바람에 속절없이 무너졌다.

스무 명 중 방갓사내의 희생자는 단 두 명이었다.

새로운 방갓사내 하나가 그들에게 내려섰다.

"천마의 행방을 알아냈습니다."

"가자!"

그들이 일제히 몸을 날렸다.

*　　　*　　　*

"호북지단과 연락이 끊어졌습니다."

수하의 다급한 보고에 사도인의 인상이 굳어졌다.

"이차 연락망은?"

"그곳도 소식이 끊어졌습니다. 지금 삼차 연락망을 통해 상황을 알아보고 있습니다."

연이어 호북 지역의 분타들과 연락이 끊어졌다는 보고가 올라왔다. 그리고 지금 우려했던 일이 보고되었다. 지단과 연락이 끊어진 것이다. 손발이 다 잘리고 몸통까지 날아간 것이다.

통제소의 분위기는 침울했다.

사도인이 탁자를 내려쳤다. 탁자 위에 놓인 서류들이 우르르 쏟아졌다.

"젠장! 놈들은 호북 지역을 완전 고립시킬 작정이야!"

구가휘는 혹시나 하는 기대를 버리지 않았다.

"호북지단이 밀렸다는 것이 믿기지 않습니다. 뭔가 착오가 있지 않겠습니까?"

"그럼 교주님과 연락이 끊긴 것은 믿어지나?"

사도인의 화난 눈빛에 구가휘가 고개를 숙였다. 마정대전이 한창이던 때도 없던 일이다.

사도인이 확신하듯 말했다.

"틀림없이 당했어. 지금 지단이고 분타고 다 밀렸어."

만약 자신이라도 이런 식으로 밀어붙였을 것이다. 분타와

지단의 병력이 문제가 아니었다. 본단의 눈과 귀를 가리겠다는 수작이었다. 가장 큰 문제는 여전히 부상당한 천마가 그곳에 있다는 점이었다.

그때 또 다른 전서가 비선망을 통해 도착했다.

수하가 다급하게 소리쳤다.

"개방이 추마견을 풀었다고 합니다."

"이 빌어먹을 거지새끼들이!"

콰앙!

이번에는 탁자가 완전히 부서졌다.

구가휘는 침만 삼켰다. 이렇게 사도인이 흥분한 모습은 그를 만난 이후 처음이었다. 그만큼 상황은 좋지 못했다.

"만약 교주님께 일이 생기면… 중원의 거지새끼들부터 하나도 남김없이 없애 버린다."

사도인이 의자에 앉아 흥분을 가라앉혔다. 화가 머리끝까지 올랐지만 지금은 흥분할 때가 아니었다. 최대한 냉정히 상황을 분석해 천마를 구해야 했다.

'…교주님.'

흘러가는 상황이 너무 좋지 않았다. 그나마 다행스런 일은 구마령이 일찍 발동된 것이었다. 소교주 유설찬은 육마존과 함께 자신조차 모르는 곳으로 숨어들었다. 구마령이 해제되기 전까지는 그들을 만날 수 없었다. 신교의 맥이 끊어지지 않게 하기 위한 신교의 절대 철칙이었다.

사도인이 비선망이 전해지는 구멍을 응시했다. 그의 간절함이 전해졌을까? 그곳으로 새로운 소식을 담은 전서가 내려왔다.

전서를 확인한 수하가 소리쳤다.

"적호단이 분산작전을 펼쳤습니다."

사도인이 벌떡 자리에서 일어났다. 적호단에서 펼치는 분산작전은 그만큼 상황이 급박하단 뜻이었다.

"누가 교주님을 모셨나?"

"적수린 공자입니다."

"적 공자?"

사도인이 깜짝 놀랐다.

"적 공자가 교주님과 함께 있었나?"

"그런 것 같습니다."

사도인의 표정이 밝아졌다. 다른 사람도 아니고, 적수린이라면 일단 믿을 수 있었다. 최악의 상황에서 작은 희망을 발견한 순간이었다.

사도인이 한숨 돌리며 또 다른 희망을 찾았다.

"흑풍대는 지금 어디까지 도착했나?"

*　　　*　　　*

숨 쉴 틈 없이 급박한 도주 상황에서도 범강은 추마견을 죽이기 위해 모든 노력을 기울였다.

적호단 여섯의 희생과 포위를 당하는 위험을 감수하고서야 결국 남은 추마견을 죽일 수 있었다. 개를 끌던 개방도도 죽었다.

"망할 놈!"

홍구개가 이를 갈았다. 개방도가 죽은 것보다 개가 죽은 것이 더욱 걱정이었다. 그야말로 귀하고 귀한 추마견이었다. 자신의 책임하에 데리고 나온 추마견인데 두 마리 모두 잃었으니 문책을 피하기 어려웠다.

애써 홍구개가 스스로를 위안했다.

"천마를 죽일 수 있다면 이깟 희생은 아무렇지도 않다!"

범강을 비롯한 이십여 명의 적호단 무인들은 오십여 명의 방갓사내들에게 완전 포위당한 상태였다. 그 포위망 외곽에 다시 십여 명의 개방도들이 대기하고 있었다. 그들은 이제야 자신들이 추격하던 이가 천마란 사실을 알았고, 모두들 흥분한 상태였다.

홍구개가 조롱하듯 말했다.

"추마견도 다 죽였겠다, 이제 달아날 수만 있으면 좋으련만."

범강의 눈이 가늘어졌다. 그것이 조롱을 되돌리는 비웃음이란 것을 확인한 홍구개가 흠칫 놀랐다.

"설마?"

범강의 등에 업혀 있던 이가 훌쩍 뛰어내렸다.

천마의 옷을 입고 있었지만, 그는 천마가 아니었다. 적호단의 무인이었다.

"빌어먹을!"

뒤에 서 있던 방갓사내의 눈이 길게 찢어졌다.

범강이 그를 보며 조롱하듯 말했다.

"우릴 쫓느라 고생했군."

방갓사내가 지지 않고 말했다.

"듣자니 적호단주는 절대 천마의 곁을 떠나지 않는다는데, 급하긴 급했나 보군."

그것만은 참으로 아쉬웠다. 그의 말처럼 적호단주가 된 이래, 한 번도 떠나지 않았던 자리이다. 직접 모셨으면 좋았겠지만, 천마가 무사한 것으로 충분했다.

범강이 반 토막 난 추마견을 쳐다보며 말했다.

"저놈의 개소리가 원체 듣기 싫어서 말이지."

"개가 개소릴 싫어하다니?"

"개라고 어디 다 같은 개겠나? 우리 같은 충견이 있는가 하면, 너희 같은 미친개들도 있지. 개도 미친개는 싫어한다네."

방갓사내의 인상이 찡그려졌다.

"죽을 때가 되니 입만 살았군."

"하하하하!"

뒤에 늘어선 적호단 무인들이 모두 함께 웃었다. 그들은 이미 최후를 예감하고 있었다. 천마를 무사히 빼돌린 후의 죽음이었기에 아쉬움은 없었다. 한 놈이라도 더 데려가겠다는 마음들이었다.

방갓사내들이 일제히 검을 뽑아 들었다.

비슷한 실력에 두 배 이상의 숫자였다.

범강이 수하들을 돌아보았다. 힘든 호위무사 일을 불평 한번 없이 해온 귀중한 수하들이었다. 수하가 아니라 가족들이었다.

"그동안 수고했다."

범강의 한마디에 모두들 환하게 웃었다.

"단주님, 수고하셨습니다."

방갓사내가 살기를 실어 소리쳤다.

"한 놈도 남김없이 모두 없애 버려!"

방갓사내들이 사방에서 쇄도해 들어왔다.

적호단원들이 맞서서 검을 휘둘렀다.

범강의 실력은 압도적으로 강했다. 하지만 방갓사내들의 수장 역시 대단한 실력을 지녔다. 거기에 다섯 명의 방갓사내들이 합세해서 공격했다. 몸을 빼내 수하들을 지켜줄 수 없었다.

순식간에 적호단 무인 둘이 쓰러졌다.

범강이 이를 악물었다.

어떻게든 수하들을 구해주고 싶었다. 하지만 사방에서 달려드는 방갓사내의 공격을 막아내기에 급급했다.

창창창창창창!

범강의 검에서 불꽃이 튀었다. 위태로운 불꽃이었고, 아쉬운 불꽃이었다.

"안 돼!"

수하의 목소리가 들렸고, 또 다른 수하의 비명 소리가 들렸다.

범강은 돌아보지 않았다. 싸우고 있어서가 아니라 그 모습을 봤다간 눈물을 흘릴 것 같아서였다.

잠시 딴생각을 하는 사이, 방갓사내의 검이 어깨를 베며 날아들었다.

파앗!

어깨에서 시뻘건 피가 튀었다.

놈들의 수장의 검이 예리하게 휘어지며 심장으로 날아들었다. 아차 하는 순간의 일이었다. 막을 수 없었다.

서걱.

베인 것은 자신이 아니었다.

"…단주님."

적호단 무인 하나가 몸을 던져 대신 검을 맞은 것이다. 매번 휴가 좀 늘려달라며 졸라대던 녀석이었다. 이럴 줄 알았으면 휴가나 한 번 제대로 보내줬을 텐데.

"…지킬 가치가 있는 분을… 지키다 죽게 돼서… 기쁩니다."

쓰러지는 녀석이 자신을 보며 웃었다.

"야─!"

화를 낼 틈이라도 있었으면.

쉭쉭쉭쉭!

다시 날아든 방갓사내의 검을 막았다.

울컥 범강의 눈에 눈물이 고였다.

'안 돼!'

눈물로 시야가 희미해졌다. 하지만 흐르는 눈물을 막을 수 없었다.

스스로 독하다고 생각했는데, 그 어떤 놈들이 덤벼도 천마를 지킬 것이라 생각했는데, 천마가 없으니 자신 역시 평범한 사람이었다. 그저 마음 약한 중년 사내에 불과했다.

"단주님!"

수하의 다급한 목소리가 들려왔다.

날아드는 검을 보며 태어나 처음으로 눈을 질끈 감았다.

바로 그때였다.

쉥! 팅!

바람 소리와 함께 검이 튕겨져 나가는 소리가 들렸다.

범강이 눈을 번쩍 떴다.

자신을 향해 날아들던 검이 정말로 튕겨져 날아가고 있었다.

그리고 다음 순간,

쉬쉬쉬쉬쉬쉬쉬쉬쉬쉬쉬쉬쉬쉭!

허공으로 화살비가 쏟아졌다. 수십 발의 화살은 정확히 방갓사내들만 노리고 있었다.

"크아아악!"

비명 소리가 이어졌다.

"웬 놈들이냐!"

방갓사내들의 수장이 고함을 질렀다.

그를 향해 화살이 날아들었다.

쉬쉬쉬쉬쉬쉬쉬쉭!

"이까짓 것!"

그가 검을 휘둘러 화살을 쳐냈다.

타탕! 타타탕! 타타타탕!

하지만 보통 화살이 아니었다. 대단한 위력, 게다가 화살은 그야말로 막아내기 힘든 방위로 날아들었다. 욱신거리는 팔목으로 연속으로 십여 개의 화살을 쳐냈지만, 더 이상은 무리였다.

쉬쉬쉬쉬쉬쉬쉬쉬쉬쉬쉭!

다시 그에게 화살비가 집중되었다.

간신히 몇 개의 화살을 더 쳐낸 것이 마지막이었다.

퍽퍽퍽퍽퍽퍽퍽!

그의 몸에 수십 발의 화살이 꽂혔다. 사방으로 피를 뿜어내며 그가 쓰러졌다.

방갓사내들이 놀라 주위를 돌아보았다.

사방에서 복면에 흑의를 입은 사내들이 모습을 드러냈다.

그들의 하얀 복면의 가장자리에 새져진 글귀는 必殺이었고, 가슴에 새겨진 글귀는 黑風이었다. 자신의 소속을 당당히 드러내고 다니는 마교의 몇 안 되는 최정예 조직, 흑풍대였다.

방갓사내들의 표정이 굳어지며 공포에 질렸다.

"…흑풍대!"

흑풍대주 관현이 걸어나왔다.

"이 찢어 죽일 새끼들! 감히 교주님께 칼을 뽑아?"

뿜어져 나오는 섬뜩한 살기에 방갓사내들이 침을 꿀꺽 삼켰다.

성큼성큼 걷던 관현이 비격탄을 들었다.

쉬쉬쉬쉬쉬쉬쉬!

퍽퍽퍽퍽퍽퍽퍽!

가장 가까이 있던 방갓사내가 고슴도치가 되어 쓰러졌다.

관현의 서슬 퍼런 눈빛이 이번에는 홍구개를 향했다.

"이 거지새끼들이 감히 개를 풀어?"

"그, 그게……."

관현은 홍구개의 변명은 듣지 않았다.

쉬쉬쉬쉬쉬쉬쉬!

퍽퍽퍽퍽퍽퍽퍽!

홍구개 역시 고슴도치가 되어 그 자리에서 즉사했다.

그 기세에 개방도들은 물론이고 방갓사내들도 질린 표정을 지었다. 양쪽 수장이 먼저 죽는 바람에 더욱 혼란스런 그들이었다.

관현이 그들에게 차갑게 말했다.

"곱게 죽으려면 숨도 쉬지 마."

그러고 나서야 범강에게 다가가 정중히 물었다.

"괜찮으십니까?"

범강이 한숨을 내쉬며 고개를 끄덕였다. 참았던 한 줄기 눈물이 주르륵 흘러내렸다. 부끄럽다는 생각은 들지 않았다.

"괜찮네."

죽은 동료에 대한 추모는 나중 일이었다. 살아남았다면 이제 유진천을 찾아 나서야 할 때였다.

관현이 전음을 날렸다.

"교주님은 지금 어디에 계십니까?"

"적 공자가 모시고 있네. 우리와 반대인 남쪽으로 향하셨네."

"일단 이곳부터 처리하고 저희와 함께 가시죠."

관현이 돌아섰다. 그의 싸늘한 표정에는 한 치의 동정심도 없었다.

관현의 입에서 앞서 방갓사내가 적호단에게 했던 말이 그대로 나왔다.

"한 놈도 남김없이 없애 버려!"

백 명의 흑풍대의 손에서 일제히 비격탄이 날았다.

쉭쉭쉭쉭쉭쉭쉭쉭쉭쉭쉭쉭!

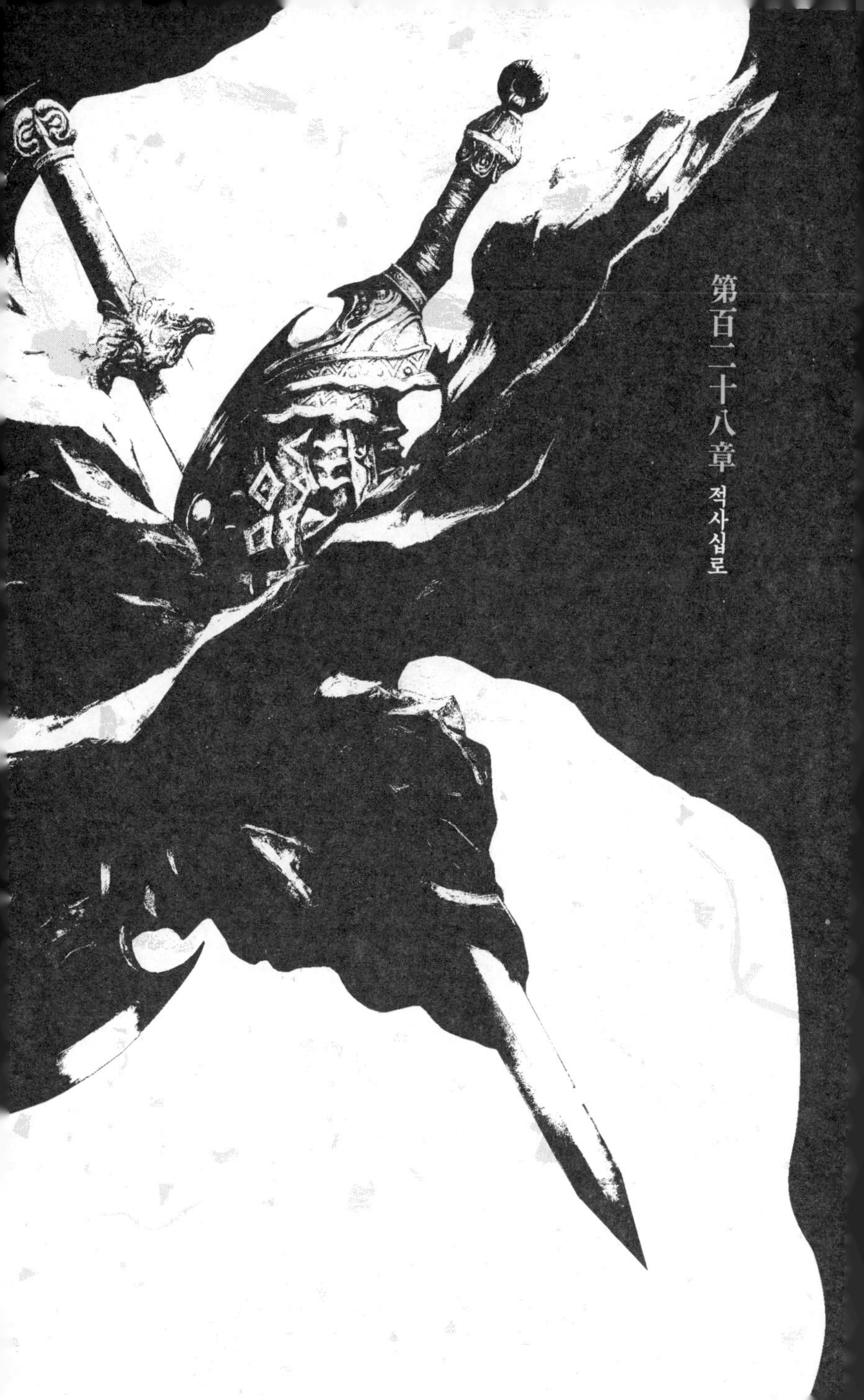

第百二十八章 적사십로

絶代
君臨
절대군림

적수린과 유진천이 객잔으로 들어서고 있었다.

안가의 위치가 들통이 난 이상, 다른 안가로 가는 것도 위험하다고 판단한 것이다. 두 사람은 평복으로 갈아입고 도보로 사람들 속에 섞였다. 거기에 적수린이 위장용으로 커다란 짐을 들자, 그야말로 두 사람은 장사꾼 부자로 보였다.

"어서 오십시오!"

점소이가 반갑게 둘을 맞이했다.

적수린이 입구가 보이는 벽 쪽 자리를 골랐다.

"생선죽과 구운 소고기를 내어오게. 술도 한잔 가져오고."

적수린이 천마를 대신해 주문했다. 지난 사흘간 천마가 즐겨 먹던 음식이다.

천마는 여전히 내상을 치료하지 못했다. 화음신에게 당한 상처는 그렇게 치명적인 것이었다. 그나마 걸어다닐 수 있을 정도로는 회복된 것만으로도 다행이었다.

유진천은 완전히 여유를 되찾았다. 오히려 마음이 불안한 쪽은 그를 보호해야 하는 적수린이었다.

적수린은 유진천이 시키는 대로 은밀한 표시를 남겼다. 흑풍대와 만나자는 기별이라 했다. 이곳에서 흑풍대를 만나 천마를 인계하고 적수린은 다시 창천문으로 돌아갈 작정이었다.

적수린은 한시 빨리 돌아가고 싶었다. 천마를 지키는 일이 중요했지만 혼자 남은 유설하가 걱정된 것이다.

"아직 돈이 남았나?"

적수린이 피식 웃었다. 천마가 돈 걱정 하는 것이 꽤나 낯설게 느껴졌다.

"네, 걱정 마십시오."

"나중에 갚아주겠네."

"그러시지요."

처음에 저런 말을 했을 때는 굳이 저런 말을 왜 할까 하는 생각이 들었다. 하지만 며칠 함께 지내다 보니 천마의 성격을 알 수 있었다. 그는 남에게 신세 지는 것을 병적으로 싫어했다. 아마도 자신이 아니라면, 그 신세 진 것이 싫어서 상대를 죽여 버릴지도 모르겠다는 생각이 들 정도였다.

"왜 웃나?"

"제가 웃었습니까?"

유진천이 고개를 끄덕였다.

"지금도 웃고 있네."

"아무것도 아닙니다."

"말해보게."

"문득 돈이 없어서 음식 값을 치르지 못해 둘이서 달아나면 어찌 될까를 생각했습니다."

천마가 음식 값을 떼먹고 도망갔다면, 정말 그 어떤 강호인도 믿지 못할 것이란 생각이 들었다.

유진천이 피식 웃었다.

"실없긴."

적수린이 따라 웃었다.

며칠 같이 지내다 보니 조금 친해진 기분이 들었다. 적수린은 그것이 기뻤다. 언제까지 서먹서먹한 관계로 지낼 수는 없었으니까.

음식이 나왔고, 두 사람이 젓가락을 들었다.

그때 사내 서넛이 그들 옆자리를 차지하고 앉았다.

술부터 재촉한 그들이 소문을 늘어놓기 시작했다.

"그게 정말일까?"

"뭐 말인가?"

"마교가 공격을 받고 있다는 소문 말이네."

그 말에 유진천의 젓가락이 잠시 멈췄다. 하지만 이내 아무 일도 없었다는 듯 다시 움직이기 시작했다. 반면 적수린이 귀를 기울였다.

"소문이 아니라 사실이라던데?"

"정말인가?"

"천마가 구파의 고수들에게 대패해 지금 부상을 당한 채 쫓기고 있다는 소문이야."

"그럴 리가?"

"이미 천마가 죽었다는 소문도 있어."

"말도 안 되는 소리! 그런 엄청난 일이 벌어졌는데 강호가 이렇게 조용할 리 없잖아! 다 헛소문이야!"

"헛소문 아니라니깐!"

"자네가 먼저 알고 있다는 것만 봐도 이건 헛소문이야!"

사내들이 티격태격 목청을 높였다.

유진천은 동요하지 않고 젓가락질을 계속했다.

적수린이 진지하게 물었다.

"어떻게 된 일일까요?"

벌써 이렇게 소문이 났을 리 없다는 생각이 들었다.

그러자 천마가 대수롭지 않게 말했다.

"그들이 의도적으로 소문을 내고 있군."

"네?"

적수린이 눈빛으로 이유를 물었다.

유진천이 담담히 말했다.

"자신있다는 뜻이겠지. 분위기를 슬슬 달구려는 의도도 있고."

"어떤 분위기 말입니까?"

그러자 담담한 목소리에 비해 엄청난 대답이 들려왔다.

"마정대전."

"네?"

적수린이 깜짝 놀랐다.

"왜 그렇게 놀라나? 이미 전쟁은 시작되었는데."

적수린은 유진천의 말을 이해하지 못했다.

"그들이 나를 공격한 그 순간, 이미 전쟁은 시작되었네."

"이 싸움은 화음신과의 싸움입니다."

그러자 유진천이 피식 웃었다.

"그 화음신과 구파 놈들이 손을 잡았지."

"어쩔 수 없는 일이었습니다."

"어쩔 수 없다면 손을 잡아도 되는 것인가? 그게 자네들 정파의 논리인가?"

순간 적수린은 말문이 막혔다. 분명 구파일방의 선택은 잘못된 것이었다.

"그렇지만……."

"뭔가?"

유진천이 적수린을 노려보았다.

"또다시 전쟁을 일으키진 마십시오! 그래선 안 됩니다!"

그러자 천마가 조롱조로 말했다.

"적 대협, 이번엔 내가 일으킨 전쟁이 아니네."

"많은 사람들이 죽게 될 겁니다!"

쾅!

유진천이 탁자를 내려쳤다.

"내가 일으킨 전쟁이 아니라 했네."

옆자리 사내들의 시선이 날아들었지만 유진천의 서슬 퍼런 눈빛에 모두들 고개를 돌렸다.

두 사람의 시선이 얽혔다.

적수린이 나직이 말했다.

"하지만 아버님께서 막으실 수 있는 전쟁입니다."

"내가 왜?"

"……."

"자네가 그토록 좋아하는 정파인들에게 가서 따지게. 왜 그랬냐고."

적수린은 더 이상 아무 말도 하지 못했다.

"한잔하겠습니다."

적수린이 술을 따라 마셨다. 착잡한 기분이었다. 유진천이 이 사태를 제이의 정마대전으로 생각한다면, 반드시 전쟁이 일어날 것이다. 아니, 그의 말처럼 이미 전쟁이 일어났는지도 모를 일이었다.

그의 말이 옳다. 이 문제는 장인을 설득할 일이 아니었다. 다른 곳에서 해결책을 찾아야 했다.

그때 객잔 안으로 일남일녀가 들어왔다.

두 사람이 천천히 걸어와 마치 일행인 듯 유진천과 적수린의 맞은편에 앉았다. 놀랍게도 그들은 바로 천아진과 화음신이었다.

적수린은 화음신을 보는 순간, 그것이 화음신이란 것을 직감했다. 그만큼 화음신의 기도는 특별났다. 차련을 통해 비연회주가 대법으로 화음신이 되었다는 것을 들었다. 자신에 대한 애증 때문에 비연회주가 된 그녀였다. 이제 다시 화음신이 되어 자신 앞에 나타난 그녀를 보자 적수린의 마음이 착잡해졌다. 안타깝게도 그녀는 자신을 알아보지도 못했다. 그렇지만 그녀에 대한 동정은 금물이었다. 이미 그녀는 완벽히 다른 존재가 되어 있었다.

"잘 지내셨소?"

유진천은 동요하지 않았다.

"덕분에 즐거운 경험을 했지."

"천한 놈들 사이를 헤매며 싸구려 음식과 냄새나는 방이 즐겁던가요? 그럼 앞으로도 영원히 그렇게 살게 해드리지요. 하하하."

"쥐새끼, 건방 떨지 마라!"

내력이 없었지만 유진천의 기도는 여전히 날카롭고 무서

웠다.

"곧 죽어도 자존심은 지키시겠다?"

이번에는 천아진이 적수린을 힐끔 쳐다보았다. 객잔에 들어올 때부터 적수린이 보통이 아님을 느끼고 있었다.

"누구신가? 이 꼬장꼬장한 늙은이를 데리고 다니느라 수고가 많았겠군."

유진천이 대신 대답했다.

"내 사위네."

순간 천아진이 깜짝 놀랐다.

"사위라면 신협?"

생각지도 못한 이름이었다. 천아진이 새삼스런 눈빛으로 적수린을 응시했다. 질풍세가에 대해서는 잘 알고 있었다.

사실 지금의 시점에서 마교보다 더 신경이 쓰이는 쪽이 질풍세가였다. 과연 화음신이 그들의 무공을 상대할 수 있을지에 대한 걱정이었다. 물론 양화영과의 일전 후 다소 느긋해지긴 했지만.

"이제야 알겠군."

천아진이 연신 고개를 끄덕였다.

그가 유진천을 보며 못 말린다는 표정을 지었다.

"정말이지, 당신의 이 똥배짱 하나만큼은 인정해야겠군요."

천아진이 적수린에게 말했다.

"우리가 어떻게 알고 찾아왔는지 궁금하지 않나?"

"어떻게 찾았소?"

"표시를 남겨뒀더군."

"표시?"

적수린이 깜짝 놀라 유진천을 돌아보았다.

"설마? 제게 남기라 하신 것이 저들에게 보내는 것이었습니까?"

유진천이 고개를 끄덕였다.

"그래, 저들에게 보내는 표시였지."

"왜 그러셨습니까?"

"자네가 저것을 이길 수 있는지 보려고."

"위험한 선택이셨습니다."

그러자 유진천이 단호히 말했다.

"전혀 그렇지 않네."

"네?"

"자네 몰래 또 다른 표시도 남겼으니까."

다음 순간,

꽈르릉!

객잔의 사방 벽면과 지붕이 동시에 뜯겨 나가며 흑풍대가 사방에서 들이닥쳤다.

놀란 손님들이 머리를 움켜쥐고 그곳에서 달아났다.

백 개의 비격탄이 천아진에게 겨눠졌다.

화음신을 옆에 두고 있었지만 이 순간만큼은 천아진은 크게 놀랐다. 흑풍대의 비격탄이 어떤 위력인지 알았다. 제아무리 자신이라 해도 백 명의 공격을 막아낼 순 없었다. 적수린이라도 없다면 또 모를까, 난전이 벌어지면 이 자리에 살아남을 사람은 오직 화음신뿐이었다.

동요하지 않도록 화음신을 진정시킨 후 천아진이 침착하게 말했다.

"날 죽일 순 있겠지만, 그럼 당신도 죽어."

유진천이 고개를 끄덕였다.

"그렇겠지. 하지만 자네나 나에게 그런 일은 일어나지 않을 것이네."

"무슨 뜻이지?"

"난 지금 이곳을 떠날 테니까."

천아진은 그 말을 이해할 수 없었다.

유진천이 적수린을 힐끔 보며 말했다.

"자네가 상대할 사람은 바로 이 사람이네."

"이런 미친! 사위만 두고 떠나시겠다?"

"그렇다네."

"하하하하하!"

천아진이 배를 움켜쥐고 웃음을 터뜨렸다.

"정말 재미있군. 재미있어."

한참을 그렇게 웃고 나서야 천아진이 적수린에게 말했다.

"들었나? 자네 장인이 한 말을?"

적수린은 아무 말도 하지 않았다. 대신 가만히 유진천을 응시했다.

자신을 이렇게 죽이려는 의도였을까? 어쩌면 그럴 수 있겠다는 생각이 들었다. 언제나 장인에게 자신은 눈엣가시였을 테니까.

'정말 이렇게까지 하셨어야 했습니까?'

섭섭하고 원망스런 마음이 들었다.

아주 잠깐 유진천과 눈이 마주쳤고, 원망은 의문으로 바뀌었다. 유진천의 눈빛 그 어디에도 오랜 세월을 묵혀온 살의나 음모는 찾아볼 수 없었던 것이다.

'그렇다면 왜?'

그 순간 문득 적수린은 한 가지 생각에 이르렀다.

'아!' 하는 느낌을 받는 그 순간, 그 짐작이 옳다며 유진천이 고개를 한 번 끄덕였다.

적수린의 표정이 담담해진 것을 보며 유진천이 자리에서 일어났다.

"나는 이만 가보겠네."

관현과 범강이 좌우에서 그를 호위해 밖으로 나갔다. 뒷걸음질을 치면서도 흑풍대의 비격탄은 잠시도 천아진의 머리통에서 한 치도 벗어나지 않고 있었다.

천아진은 모험을 하지 않기로 마음먹었다. 의도치 않은 양패구상은 자신이 손해였다. 지금이 아니라도 언제든지 천마를 죽일 자신이 있었으니까.

천아진이 웃으며 유진천의 등에 대고 큰 소리로 말했다.

"언제까지 이렇게 빠져나가실 수 있을지 두고 보겠소."

"지난날 자네만큼이야 하겠나?"

"흥!"

그렇게 유진천이 그곳을 떠났다.

적수린은 그 모습을 말없이 지켜보고만 있었다.

천아진이 천마를 조롱했다.

"저런 비겁한 자를 장인이라고 지켜주려 했나?"

적수린이 가만히 눈을 감았다. 생각을 정리하는 듯 보였다.

"그는 추잡스런 인간이네. 그런 자와 혈연을 맺은 자네만 불쌍하지. 어떤가? 지금이라도 내 편이 되어준다면……."

그때 적수린이 감았던 눈을 번쩍 떴다. 눈빛이 완전히 달라져 있었다. 부드럽고 온화한 모습은 온데간데없었다. 추상같은 기상이 느껴졌다.

"이 일은 우리 가족 일이오. 당신은 함부로 끼어들지 마시오."

천아진이 기막힌 표정을 지었다.

"이 자식이 죽고 싶어 환장했구나."

과연 이어지는 적수린의 행동은 그 이상이었다.

적수린이 자리에서 일어나 화음신을 노려보았다.

"너! 따라 나오너라!"

객잔에 들어온 이후 처음으로 화음신이 하얀 이를 드러내며 환하게 웃었다.

*　　　*　　　*

쨍강.

유설하는 바닥에 깨진 그릇을 한참 동안 내려다보았다.

손에서 미끄러지는 그릇을 굳이 잡자면 잡을 수도 있었을 것이다. 하지만 아주 잠깐 딴생각을 했고, 그릇은 완전 박살이 나버렸다. 평소라면 절대 있을 수 없는 일이었다.

"어머니?"

뒤에서 채소를 다듬던 차련이 다급히 다가왔다.

"제가 치울게요."

차련이 깨진 그릇을 치우기 시작했다.

유설하가 한옆 의자에 앉았다. 괜히 심장이 뛰었다.

차련이 웃으며 말했다.

"가끔 그릇도 깨져 줘야 새 그릇을 장만하지 않겠어요?"

유설하가 왠지 불길한 느낌을 받은 것을 눈치챈 것이다. 그런 차련의 마음을 어찌 모를까?

"이리 오너라."

"네."

빤히 차련을 쳐다보던 유설하가 미소를 지으며 말했다.

"요즘 더 예뻐진 것 같구나. 좋은 일이라도 있느냐?"

차련의 볼이 붉어졌다. 괜히 부끄러웠다. 적이건과의 일을 알 리 없었는데, 꼭 알고 그러시는 것 같았다.

"아니에요."

"젊었을 때 많이 즐겨라. 노는 것도 나이 들면 힘들어서 못 노는 법이란다."

"네."

"나중에 건이하고 중원의 명소들 구경도 다니고, 즐겁게 살아라."

"함께 가셔야지요."

"말만이라도 고맙구나."

"아니에요. 진심으로 제가 원하는 일이에요."

유설하의 미소가 더욱 짙어졌다. 차련의 진심이란 것쯤은 알고 있다. 이 정도 착한 며느리라면 더 바랄 것이 없다.

"그건 내 쪽에서 사양할 일이다. 나도 남편이랑 오붓한 여행을 즐기고 싶구나."

"아."

차련의 얼굴이 붉어졌다.

그녀를 보며 웃던 유설하가 잠시 인상을 찡그렸다. 설벽화와 서가인을 떠올린 것이다. 팔방추괴의 말을 듣자니, 아들과 보통 관계가 아니라 들었다. 두 여인 역시 외모만 따지면 차련 못지않은 미인들이었다.

'앞으로 여자 문제로 네 속을 썩일까 걱정이구나.'

유설하는 차마 그 말은 못했다.

"참, 무공 수련은 꾸준히 하고 있느냐?"

"네. 매일 빠짐없이 하고 있어요."

특히 이번에 납치된 이후, 차련은 훈련 시간을 두 배로 늘렸다. 요 근래 총관 일을 할 필요가 없어지면서 시간이 많아졌다. 가족들과 보내는 시간을 제외하곤 모든 시간을 무공 수련에 투자하고 있었다.

"이제 몇 개의 초식이 남았느냐?"

"열 개입니다."

적사검법 일흔일곱 개의 검로를 열 개로 줄인 차련이었다. 예전 양화영을 처음 만났을 때, 적사검법의 대성을 이루면 검로가 아홉 개로 줄어들 것이란 가르침을 내렸다.

차련은 적사검법의 대성을 이뤘지만 검로를 단번에 아홉 개로 줄이지 못했다. 이후, 피나는 훈련을 통해 열 개까지 줄여낸 그녀였다.

그러나 마지막 한 초식이 문제였다. 아무리 수련하고 고민해도 더 이상 줄어들지가 않았다.

"따라 나오너라."

유설하가 차련을 데리고 밖으로 나갔다.

그들이 지금 기거하고 있는 곳은 무한에서 멀리 떨어진 곳의 한 장원이었다. 정검문 식솔들과 유설하가 그곳에 묵고 있었고, 나머지 창천문도들은 그곳을 중심으로 멀리 흩어져 숨어 지내고 있었다.

두 사람이 마당 가운데 마주 보고 섰다.

"펼쳐 보거라."

크게 심호흡을 한 후 차련이 적사검법을 펼치기 시작했다.

발검부터 마지막 열 번째 초식까지 물처럼 자연스럽게 초식을 이어나갔다. 검의 움직임이 예전보다 자연스러웠다. 초식이 하나둘 줄어들면서 원래의 초식과 달라졌다. 예전의 차련이라면 경계해야 할 변화겠지만 이미 적사검법의 대성을 이룬 그녀였다. 이 변화가 결코 잘못된 것이 아니란 것을 본능적으로 알았다.

시범이 끝나자 차련이 조심스럽게 물었다.

"어떤 초식을 줄여야 할지 모르겠습니다."

유설하가 미소를 지었다.

"당연한 고민이다."

"네?"

"더 이상 줄일 필요가 없기 때문이다."

차련이 더욱 깜짝 놀랐다.

"지금 네가 펼치는 열 개의 초식은 완벽하다. 줄일 필요가 없다. 아니, 오히려 줄여선 안 되는 것이다."

"하지만 어르신께서는……."

"최종적으로 아홉 개의 검로가 남는다고 하셨지?"

"네."

"그것은 어르신의 관점에서 본 적사검법이기 때문이다. 단지 수준의 차이가 아니다. 애초에 무공을 보는 관점 자체가 다르기 때문이다. 네가 어르신처럼 무공 실력이 깊어진다 해도 네게 가장 완벽한 적사검법은 열 개의 검로일 것이다."

"아아!"

어떤 말인지 알 것 같았다.

"이제 넌 완벽히 적사검법을 대성했다. 축하한다."

차련의 얼굴이 환하게 밝아졌다. 정말이지, 고대하던 순간이었다.

차련이 무릎을 꿇고 정중히 절을 올렸다.

"모든 게 다 어머니 덕분입니다."

유설하가 차련의 손을 잡고 일으켜 세웠다.

"그게 어찌 내 덕이겠느냐? 네가 노력한 덕분이지."

유설하가 차련을 가만히 안아주었다.

"마음껏 기뻐해도 된다. 양 어르신께서 최종 초식을 아홉 개로 봤는데, 네가 열 개까지 줄였다는 것은 네 재능이 실로 뛰어나다는 것이기도 하니까."

"자만하지 않고 앞으로도 더욱더 매진하겠습니다."

유설하가 미소를 지었다.

"여러 개의 무공을 골고루 익히는 것이 도움이 되는 이가 있고, 하나의 무공을 꾸준히 익히는 것이 더 나은 이가 있다. 네

성정을 미루어볼 때, 하나의 무공을 꾸준히 익히는 것이 나아 보이는구나. 지금 네가 새로 만들어낸 열 개의 초식은 기존의 적사검법과 비교할 수 없이 완벽한 무공이다. 평생을 투자해 갈고닦을 가치가 있으니 절대 우습게 생각지 않도록 해라."

"명심하겠습니다."

차련은 기뻤다. 다른 무공도 아니고 가전검법인 적사검법을 완벽하게 완성시켰다는 것이 무엇보다 의미가 있었다.

차련은 결심했다. 앞으로도 평생을 갈고닦아 무공을 완성해 나가겠다고. 그래서 누군가를 지켜줘야 할 때, 반드시 지켜줄 수 있는 사람이 되겠다고. 여인이기에, 약하기에 누군가에게 피해를 주지 않겠다고.

예비 며느리의 그런 의지가 유설하를 절로 미소를 짓게 만들었다. 그렇게 그녀는 그릇이 깨진 불길함을 잠시 잊을 수 있었다.

* * *

"야, 같이 가!"

아이 둘이 바닷가를 뛰놀고 있었다.

앞서 달리는 남자애를 여자애가 숨을 헐떡이며 뒤따르고 있었다.

"싫어! 따라오지 마!"

"왜 그래?"

"너, 못생겨서 싫어!"

"우아앙!"

그 말에 뒤따르던 여자애가 울음을 터뜨렸다. 나이가 어려도 여자에겐 상처가 되는 말이 있고, 나이가 어려도 여자에게 모질지 못한 남자가 있다.

결국 남자애가 왔던 길을 돌아갔다.

"그냥 해본 소리야. 울지 마."

여자애가 더욱 서럽게 울었다.

"자꾸 울면 나 진짜 간다."

"안 돼! 가지 마!"

두 아이가 다시 강가를 내달렸다.

아이들이 지나간 그 뒤에 무엇인가 쓰러져 있었다. 물에 떠내려 온 사람이었다. 온몸에 상처를 입었고 옷은 갈기갈기 찢겨 있었다. 그의 손에 부러진 검이 들려 있었다. 헝클어진 머리칼 사이로 얼굴이 드러났다. 바로 적수린이었다.

적수린이 힘겹게 입을 열었다.

"건이에게… 알려야 해……."

일어서려 애쓰던 적수린이 다시 정신을 잃었다.

*　　*　　*

객잔 안의 모든 시선이 점소이를 향했다.
모두의 심정을 대변해 손님 하나가 물었다.
"그게 정말인가?"
숨을 헐떡이며 소식을 물어온 점소이가 소리쳤다.
"구파일방의 장문들께서 천마와 일전을 벌인다고 합니다!"
일순 장내가 조용해졌다.
술 취한 손님 하나가 버럭 소리쳤다.
"그 무슨 헛소리냐! 너도 술 처먹었냐?"
그때 반대쪽에서 국수를 먹던 무인이 말했다.
"저 아이 말이 사실일 수도 있소. 근래 구파일방의 영웅들이 마교의 지단과 분타를 일제히 공격해 혁혁한 전과를 거두었다고 하오. 내 안면 있는 개방의 친우에게서 직접 들은 이야기는 절대 헛소리가 아니오."
그 말에 손님들이 동요했다.
"그럼 정말 구파일방과 마교가 다시 붙는단 말인가?"
"어이쿠! 다시 전쟁이 터진단 말이잖아!"
"마교 놈들! 이번 기회에 완전히 뿌리 뽑아버려야 해!"
"그러다 지면? 이 강호는 완전 암흑 속에 빠져들 거네."
사방에서 이런저런 말들이 나왔다.
그러자 점소이가 다시 소리쳤다.
"그건 걱정하지 마십시오!"
다시 모두의 시선이 점소이에게 모여들었다. 전쟁이 나든 말든 일단은 모두들 흥미진진해했다.
"구파일방에서 키워낸 공동전인이 있다고 들었습니다!"
모두들 탄성을 내질렀다.
"그 말은 구파의 무공을 모두 익힌 영웅이 있다는 말이지 않느냐?"
"네, 그렇습니다. 구파의 절기를 모두 익혀 초절정의 실력을 지녔다고 합니다. 더구나 그 영웅이 여인이랍니다."
여인이란 말에 탄성이 더욱 커졌다.
"설마? 여인의 몸으로 어찌 그런 일을 해낼 수 있었겠느냐?"
"정말입니다. 틀림없이 성이 화 씨인 여인이라 들었습니다."
성까지 나오자 모두들 박수까지 치며 환호했다.
점소이가 신이 나서 다시 열을 올렸다.
"지금 소식을 들은 사람들이 벌써부터 난리입니다. 먼저 가서 자리를 잡겠다는 사람들이 한둘이 아닙니다."
그 말에 모두들 한마디씩 거들었다.
"위험하지 않겠나?"
"위험하겠지."
"그래도 정말 재미있겠다."
"가면 십중팔구 병신이 되거나 죽게 될 거야."
"죽을 때 죽더라도 난 가서 구경하겠네. 이런 구경을 놓친다면 평생 후회하게 될 것이야."

누군가 벌떡 일어나 밖으로 달려나갔다.

또 다른 이들이 일어섰다.

“좋아! 나도 가서 보겠어. 설마 구파일방에서 지켜주지도 못하면서 우릴 부른 것은 아닐 테니까.”

“그래, 당연히 그렇겠지.”

사내들이 우르르 빠져나갔다. 실제 그곳으로 가는 이도 있었고, 입으로만 천마를 때려잡고 집으로 돌아가는 이들도 있었다.

순식간에 손님들이 다 빠져나가고 객잔 안이 썰렁해졌다.

딱!

점소이의 뒤통수에서 불이 났다.

“이게 무슨 짓이냐?”

점소이가 돌아서자 주인이 노한 눈빛으로 노려보고 있었다.

“…전 그냥, 소식을 전했을 뿐인데요.”

“손님을 다 쫓으면서?”

지금 손님이 문제냐는 말이 입안을 맴돌았다.

하지만 그 말을 했다가는 머리통이 다시 불날 것이 뻔했기에 점소이가 고개를 푹 숙인 채 말했다.

“제 생각이 짧았어요. 죄송해요, 주인님.”

그때 다시 그들의 뒤에서 누군가 말했다.

“잘한 일이잖소? 원래 손님들은 소식이 빠른 객잔을 찾는 법이니.”

점소이가 기쁜 표정으로 고개를 돌렸다.

이내 점소이의 표정이 찡그려졌다.

완전 상거지 하나가 서 있었는데 몰골이 완전 말도 아니었다. 개방의 거지는 절대 아니었다. 개방의 거지가 '아이고, 사부님' 하고 넙죽 절을 할 꼬락서니였다. 산발한 머리는 치렁치렁 얼굴을 가렸고, 온몸에서는 참을 수 없는 악취가 났다.

"근데 어디서 싸운다고?"

대답 대신 점소이가 코를 움켜쥐고 뒷걸음질쳤다.

"꺼져요!"

주인 역시 참을 수 없는 듯 코를 움켜쥐고 주방으로 들어가 버렸다.

그때 거지사내가 무엇인가를 불쑥 내밀었다.

손바닥 위에 놓인 그것을 본 점소이의 눈이 휘둥그레졌다.

손가락 크기의 금덩이 세 개가 나란히 놓여 있었던 것이다.

사내가 그중 하나를 들어 점소이에게 내밀었다. 금덩이를 받아 든 점소이의 허리가 직각으로 꺾였다. 나머지 두 개의 금덩이가 자신에게 말하고 있었다. 말을 잘 들으면 우리도 네 것이라고. 자연 점소이의 심장 박동이 빨라졌다.

"무엇이든 말씀만 하십시오! 천마의 목도 베어다 드립지요!"

"후후, 헛소린 집어치우고, 일단 방에 목욕물부터. 시장하니까 식사 준비도."

"이리로 오십시오."

점소이가 그를 객실로 안내했다.

정말이지 순식간에 목욕물이 준비되었다. 점소이가 할 수 있는 최고의 속도였다.

악취가 났지만 점소이는 코를 움켜쥐거나 하는 경솔한 행동은 하지 않았다. 앞서 받은 금덩이는 그가 이곳에서 삼 년은 죽도록 일해야 벌 수 있는 액수였다. 만약 남은 두 개의 금덩이마저 얻을 수 있다면, 오늘은 바로 운 좋은 점소이만이 평생 한두 번 만난다는 재신(財神)을 만나는 날이었다.

욕통에 몸을 담근 사내에게 점소이가 살갑게 말했다.

"저희 집에서 가장 자신하는 요리들로 준비 중입니다. 뭐 특별히 지시하실 일 있으십니까?"

"편하게 입을 수 있는 무복 한 벌 사오도록."

"알겠습니다."

점소이는 두 번 묻지 않았다. 거기서 무복 값으로 돈을 더 요구하지도 않았다.

점소이가 쏜살처럼 달려가 무복을 대령했다.

"최고급 원단의 무복입니다. 치수는 제 눈대중으로 재었습니다만 아마 꼭 맞으실 겁니다."

물론 투자도 과감히 아끼지 않았다.

과연 그 투자는 확실한 효과를 발휘했다.

"똑똑한 녀석이군."

사내가 다시 또 하나의 금덩이를 점소이에게 주었다. 점소이의 입이 함박만 하게 찢어졌다.

"살다가 이런 날도 있어야지. 안 그래?"

정말이지, 너무 고마워 달려가 안고 싶었다.

사내가 나무 욕조에서 나왔다.

점소이가 깜짝 놀랐다. 너무 더러운 거지여서 몸도 엉망이란 선입견이었는데, 사내는 지금껏 자신이 본 남자의 몸 중 가장 완벽한 근육을 지니고 있었다.

스스스슥.

사내가 벗은 채로 비수로 면도를 시작했다.

텁수룩한 얼굴이 깔끔히 정리되었다. 곧이어 사내가 머리카락을 정리했다.

비로소 사내의 얼굴이 드러났다. 착하고 순수한 호감형의 얼굴이었는데, 두 눈은 호수처럼 맑고 깊었다. 얼굴을 보는 순간, 점소이가 '아' 하고 탄성을 내질렀다. 사람에게서 빛이 난다는 느낌을 받은 것은 정말이지 처음이었다. 사내는 바로 적이건이었다.

적이건이 천천히 무복을 입었다.

"그런데 아까 거기가 어디라고?"

"네?"

그 어느 때보다도 맑고 깊은 눈빛으로 적이건이 마지막 금덩이를 내밀었다.

"거기가 어디냐고."

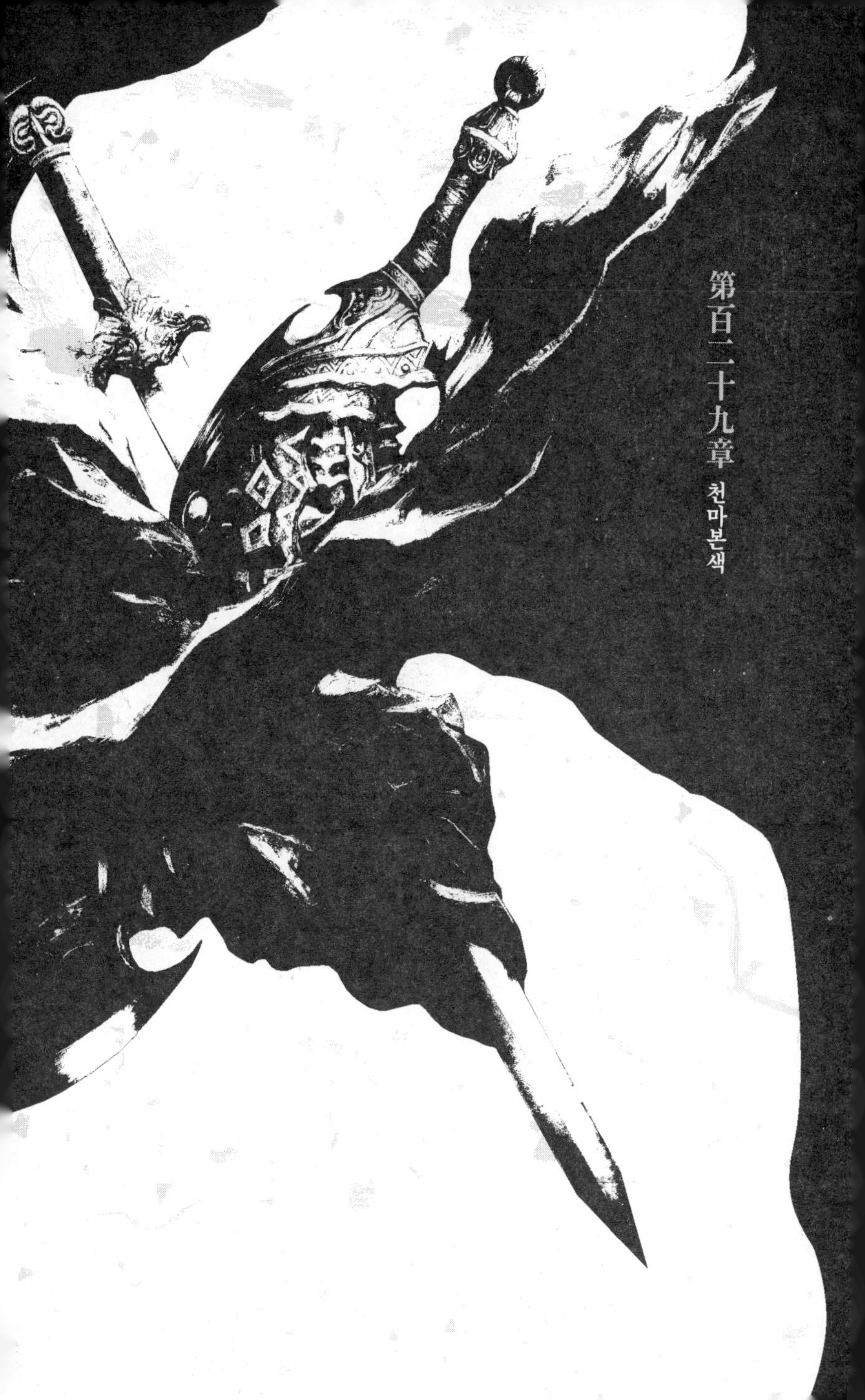

第百二十九章 천마본색

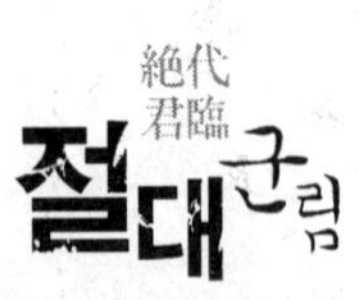

그곳은 천사량이 백 명의 사도맹 고수들과 최후를 맞았던 바로 그곳이었다.

한옆에 마인들이 진을 치고 있었다.

정말 그들 가운데 천마 유진천이 앉아 있었다. 그 뒤로 늘어선 이들이 바로 흑풍대였다. 흑풍대를 제외한 마인들의 숫자는 많지 않았다.

그리고 그들이 바라보는 들판 건너편에 구파일방의 문주들이 늘어서 있었다. 그들 옆으로 천아진과 화음신, 그리고 삼십여 명의 방갓사내들이 서 있었다.

그리고 또 하나의 무리가 있었다. 그들은 바로 이 싸움을 구경하러 나온 일반 무인들이었다. 그야말로 싸움 구경에 목숨을 건 자들이었다. 수백 명이 모이자 겁이 없어졌는지 그들은 점점 앞으로 다가섰고, 그런 무리가 반대쪽에도 생겨나고 있었다. 그야말로 그곳은 인산인해를 이루고 있었는데, 그들은 모두들 들떠 있었다. 그들의 관심은 단연 천마였다.

"우와아아! 저기 저 사람이 진짜 천마인가?"

"확실하네!"

"어떻게 알지?"

"햇살을 가리기 위한 차양을 보게. 시커먼 악귀 문양이 보이나? 저게 바로 천마의 상징이라네."

"이야, 과연 그렇군."

북적대는 그들을 바라보는 흑풍대주 관현의 눈빛이 차악 가라앉아 있었다. 그는 솟구치는 분노를 살기로 쌓아가고 있었다.

유진천은 절대 이 자리에 나와서는 안 되었다.

하지만 천아진은 전혀 생각지도 못한 비겁한 수를 썼다. 한밤중에 화음신과 방갓사내들이 마가촌을 습격했다. 마가촌은 마인들의 가족이 사는 마을이었다. 은퇴한 고수들이 많이 있었지만 화음신을 막지 못했다. 그날 많은 마인들이 죽었고 백여 명의 여인과 아이들이 그들에게 납치되었다.

그래도 말렸다. 백 명이 아니라 마인들 모두가 잡혀가도 천마가 나서면 안 된다고 말렸다.

하지만 유진천은 결전을 결심했다. 한 명이 납치되었다 하더라도 그는 나섰을 것이다. 그게 바로 자신이 천마인 이유였으니까.

관현이 천마를 쳐다보았다. 유진천은 차양 아래의 태사의에 앉아 있었다. 아직 채 부상에서 회복되지 않았건만 그는 전혀 화난 표정이 아니었다. 만사를 초월한 느낌 너머에 말 못할 착잡함이 느껴졌다.

수하 하나가 범강에게 소식을 알려왔다.

범강이 다시 유진천에게 나직이 말했다.

"그들이 무사히 돌아왔습니다."

납치되었던 여인과 아이들이 돌아온 것이다. 천아진이 약속을 지킨 것이다.

"그들 모두를 안전한 곳으로 옮겼습니다."

유진천이 미소를 지으며 고개를 끄덕였다.

"찬이는?"

"성지로 모셨습니다."

"그냥 순순히 안 가려고 했을 텐데?"

"마존들께서 강제로 모셨습니다."

"잘했다."

유진천이 흡족한 미소를 지었다.

원래라면 오늘 모든 마교의 고수들이 다 나왔을 자리였다. 하지만 유진천은 그 모두를 거부했다. 그가 데려 나온 이들은 흑풍대였다.

나머지 모두를 유설찬을 위해 남겼다.

육마존을 남겼고, 철기대를 남겼으며, 총군사를 남겼다. 그들이라면 오늘 자신이 잘못된다 하더라도 교의 재건은 걱정할 필요 없다.

유진천이 힐끗 좌우를 살폈다. 흑풍대를 비롯해 적호단과 그 외, 몇몇 마인들이 서 있었다. 마지막 싸움을 위해 목숨을 건 이들이었다. 이미 가족들에게 유서를 남기고 온 이들이었다. 그들에게 미안한 마음이 들었지만 어쩔 수 없었다.

이번 전쟁은 이십 년 전의 그것과 확연히 달랐다.

선제공격을 당했고, 그보다 더 중요한 기세에서 완전히 밀렸다. 전쟁의 승패를 결정짓는 가장 중요한 그것을 내주고 만 것이다. 물론 그 모든 싸움의 핵심은 화음신이었다. 화음신을 이길 방법을 결국 찾지 못했다. 오늘 이후 천마신교는 아주 오랫동안 어둠 속으로 숨어들어야 할 것이다. 화음신을 죽일 방법을 찾지 못하는 한, 다시 강호로 나오지 못할 것이다.

"설하는?"

"아가씨께는 따로 연락드리지 않았습니다."

"잘했다."

"놈들을 다 없애고 아가씨께 모시겠습니다."

"그러자꾸나."

평소보다 부드러운 유진천의 어조에 범강이 어금니를 깨물었다. 천마는 지금 최후를 생각하고 있었다. 그때였다.

"그럴 필요 없어요."

바로 옆에서 들린 것 같은 그 소리는 저 멀리서 들려온 것이었다. 저 멀리서 유설하가 걸어오고 있었다.

유진천의 인상이 굳어졌다가 이내 가볍게 한숨을 내쉬었다.

"아아아."

그녀를 알아본 원릉과 구지개가 탄성을 내뱉었다.

이십 년 전, 자신들 앞에 손을 잡고 걸어오던 나찰과 적수린의 모습이 떠올랐다. 그녀는 이제 중년의 부인이 되어 있었다. 그리고 여전히 아름다웠다.

구경꾼들이 웅성대기 시작했다.

"누구지?"

"우와! 정말 예쁘다!"

다시 한 번 주위가 웅성거렸다.

이윽고 유설하가 유진천 앞에 도달했다.

"얼굴이 많이 상하셨어요."

유진천이 미소를 지었다. 더 이상 말이 필요없었다. 딸에게 미안한 마음뿐이었다.

"번거롭게 왜 왔느냐?"

"아버님 드리려고 몇 가지 만들어 왔어요."

유설하가 보따리를 풀었다. 그 안의 목곽에는 손수 만든 음식들이 맛깔나게 들어 있었다.

"맛있어 보이는구나."

유진천이 망설이지 않고 젓가락을 들었다. 음식을 맛본 유진천이 미소를 지었다.

"제법 손맛이 좋구나."

"요즘 장래 안사돈 되실 분께 많이 배웠답니다."

"그러냐?"

오랜만에 보는 아버지의 미소가 오히려 유설하의 마음을 아프게 했다. 평소와는 다른 서글픈 미소였다.

유설하가 뒤쪽으로 고개를 돌렸다. 저 멀리 늘어선 구파일방의 문주들과 천아진, 그리고 화음신.

유진천이 나직이 말했다.

"이십 년 전에 다 없애 버렸어야 했는데."

"모든 게 제 탓이에요."

자신이 적수린을 사랑하지 않았다면… 많은 것이 바뀌었을 것이다.

그날 그녀는 남편을 죽일 수 있었다. 당시의 무공 실력은 그녀가 한 수 위였다.

유진천이 고개를 내저었다.

"그렇지 않다. 화음신은 너나 나의 잘못으로 생겨난 것이 아니다. 본 교의 업이 쌓여 만들어낸 것이지."

유진천은 그렇게 생각했다.

그때 관현이 손수 유설하를 위해 작은 의자를 하나 가져와 유진천 옆에 나란히 놓았다.

"앉으시지요."

"고마워요."

"별말씀을요."

"마지막까지 아버지를 지켜주셔서 감사해요."

"백번을 다시 태어난다 해도 변하지 않을 일입니다."

유설하가 환한 미소로 그 넘치는 충성심에 고마움을 표했다.

그때 우레 같은 함성이 일었다. 누군가 걸어나오고 있었다. 그는 바로 구지개였다.

"오늘 여러 군웅들을 이 자리에 모신 것은 다름 아닌 강호의 오랜 숙원을 이루기 위해서입니다."

"와아아아아아!"

함성 소리가 주위를 진동했다. 사람들은 점점 더 몰려와 이제 주위에는 천 명이 넘는 구경꾼들이 모여든 상황이었다. 사람이 워낙 많이 모이다 보니 그들은 겁을 상실했다.

"천마를 죽여 새로운 강호를 만들자!"

"마교 놈들을 다 쓸어버리자!"

여기저기서 고함 소리가 들려왔다. 물론 군웅들 속에서의 소심한 외침이었지만, 그들은 구파일방의 문주들을 믿고 있었다.

그때였다.

"닥쳐라!"

누군가의 목소리가 주위를 진동했다.

천여 명의 군웅들을 압도한 그 목소리의 주인공은 철탑거마(鐵塔巨魔) 황두(黃頭)였다. 흑풍대와 함께 최후를 결심한 마인 중 한 명이었다.

그가 목소리에 내력을 실어 소리쳤다.

"방금 떠벌린 놈! 내 앞에서 직접 짖어봐라!"

물론 아무도 나서지 못했다.

구지개가 다시 군웅들을 보며 말했다.

"다행히 하늘이 무심치 않아 저 간악한 마교의 잡종들을 오늘 드디어 분쇄할 날을 맞게 되었습니다!"

다시 군웅들이 함성을 질렀다.

철탑거마가 다시 소리쳤다.

"추접스런 거지새끼야! 빌어먹을 선동은 그만 하고 당장 기어나와라! 갈기갈기 찢어 개 먹이로 만들어주마!"

꽈앙!

철탑거마가 거대한 철봉을 바닥에 내리찍었다.

지축이 멀리까지 흔들렸다. 그 한 수만 봐도 그의 내력이 얼마나 대단한지 짐작할 수 있었다.

개방 장로 무진개(無盡丐)가 봉을 휘두르며 나섰다.

"개새끼를 잡는 것은 내가 전문이지."

두 사람이 나서자 군웅들이 일제히 함성을 내질렀다. 마치 본격적인 싸움 전의 전초전을 구경하는 기분이었다.

부우웅! 붕!

철탑거마의 거봉이 허공을 가로질렀다. 스치기만 해도 뼈가 으스러질 위력이었다.

철탑거마의 힘을 무진개가 속도로 상대했다.

팡! 파아앙!

두 사람의 싸움은 쌍벽을 이루었다.

유진천의 시선은 그들의 싸움에 가 있지 않았다. 그의 시선이 향한 곳은 웃음을 억지로 참고 있는 얄미운 표정의 천아진이었다.

유진천은 어떻게든 저놈만큼은 죽여야겠다고 마음먹었다. 이 모든 일의 발단도 다 저놈 때문이었다.

그런 유진천의 마음을 아는지 모르는지 천아진은 너무나 기분 좋은 미소를 짓고 있었다.

'아버지, 보고 계십니까? 오늘이 바로 기다렸던 그날입니다.'

하늘에 계신 아버지가 금방이라도 호탕한 웃음을 지으실 것만 같았다.

한편 유설하는 화음신을 쳐다보고 있었다. 유설하의 시선을 느낀 화음신도 유설하를 마주 보았다.

화음신이 아이처럼 활짝 웃었다.

징—

그 웃음에 유설하의 마기가 반응했다.

유설하의 눈빛이 가늘어졌다. 듣던 대로 사이하고 괴이한 존재였다.

유설하가 화음신을 향해 손을 흔들었다. 그러자 화음신이 유설하와 마찬가지로 손을 들어 흔들었다. 마치 아이가 엄마를 따라 행동하는 것처럼 보였다.

그때 유진천이 나직이 말했다.

"저 모습에 속으면 안 된다."

유설하가 유진천을 돌아보았다. 유진천이 의미심장한 표정으로 고개를 끄덕였다. 아버지의 표정만으로도 저 순진한 웃음 속에 얼마나 치명적인 위험이 숨어 있는지 알 수 있었다.

하긴 아버진 아이 같은 모습에 속아서 당할 분이 아니시다. 방심 따윌 해서 졌을 리가 없다.

"크아악!"

비명 소리가 터져 나왔다. 당한 쪽은 무진개였다. 철탑거마 역시 온몸에 상처를 입고 있었는데, 일격을 당한 무진개의 상처가 훨씬 위중했다. 개방의 제자들이 달려나와 무진개를 업고 들어갔다.

낭패한 구지개를 향한 천아진의 눈빛에는 고작 그 정도도 자체적으로 처리 못하느냐는 멸시가 담겨 있었다.

철탑거마가 소리쳤다.

"크하하하하! 또 상대할 자가 없느냐?"

그때였다.

쉬잉!

바람 소리가 들리더니,

퍼억!

둔탁음으로 이어졌고,

파아아아아!

이내 분수가 솟구치는 소리가 되었다.

화음신이 득달처럼 달려들어 철탑거마의 머리를 뽑는 소리였다.

너무나 순식간에 일어난 일이라서 모두들 멍한 표정을 지었다. 비명이 터져 나온 것은 머리통을 잃은 철탑거마가 쿵 하며 바닥에 쓰러진 후였다.

간담 약한 사람들이 비명을 지르며 뒤로 물러났다.

유설하가 벌떡 자리에서 일어났다.

방금 전, 화음신의 신형을 놓쳤다. 그만큼 상대가 빨랐다는 의미.

유설하의 표정이 굳어졌다.

관현이 훌쩍 몸을 날려 앞으로 나섰다.

그의 복식을 알아본 누군가 소리쳤다.

"흑풍대다! 마교의 흑풍대다!"

"우아아아아!"

말로만 듣던 흑풍대를 직접 보자 군웅들은 흥분해 함성을 질러댔다.

화음신이 피가 줄줄 흐르는 철탑거마의 머리통을 든 채 힐끔 돌아보았다.

관현이 화음신에게 비격탄을 겨눴다. 이미 천마와의 일전의 결과를 알고 있었다. 그는 죽음을 각오하고 있었다. 수하들 역시 마찬가지였다.

화음신이 씩 웃었다.

쉬쉬쉬쉬쉬쉬쉬쉭!

관현의 비격탄이 연속으로 날아갔다.

퉁퉁퉁퉁퉁퉁퉁퉁!

비격탄은 화음신의 몸에 박히기 전에 모두 튕겨 나갔다. 투명한 막이 둘러쳐져 있는 것처럼 그녀의 호신강기는 표가 나지 않았다.

철컹, 철컹.

관현의 비격탄이 떨어졌다.

화음신이 한 걸음 다가섰다.

그 순간 흑풍대가 일제히 비격탄을 날렸다.

쉬쉬쉬쉬쉬쉬쉬쉬쉬쉭!

수백 발의 비격탄이 화음신에게 쏟아졌다.

화음신은 몸을 날려 피하지 않았다.

퉁퉁퉁퉁퉁퉁퉁퉁퉁퉁!

그 많은 화살 중 단 한 발도 몸에 박히지 않았다.

관현이 소리쳤다.

"독살시로 교체한다!"

철컹, 철컹.

흑풍대가 한 동작으로 일제히 비격탄의 탄창을 갈아 끼웠다.

쉭쉭쉭쉭쉭쉭쉭쉭쉭!

하지만 독살시도 화음신에게는 소용이 없었다.

그녀의 엄청난 공력에 모두들 기가 죽었다. 군웅들은 숨소리 하나 내지 않았다.

장내의 소리는 그저 오직 비격탄이 내는 소리뿐이었다.

"폭살시로 교체한다."

철컹, 철컹.

흑풍대가 이번 역시 통일된 동작으로 일제히 탄창을 갈아 끼웠다.

폭살시란 말에 구지개가 직접 몸을 뒤로 날리며 소리쳤다.

"모두 뒤로 물러나시오!"

말로 하는 것보다 행동으로 보여주는 것이 효과적이었다. 구지개와 문주들이 몸을 날려 뒤로 피하자 군웅들이 놀라 물러났다.

쉉! 쉉! 쉉! 쉉!

꽝! 콰아앙! 콰앙!

화음신이 있던 자리가 연달아 폭발했다.

쉥! 쉥! 쉥! 쉥!

흑풍대는 한꺼번에 폭살시를 쏟아붓지 않았다. 일정 순서대로 폭발이 계속 이어졌다.

수십 번의 폭발이 이어졌고, 이윽고 흙먼지가 가라앉았다.

모두들 숨을 죽인 채 그곳을 쳐다보았다.

놀랍게도 화음신은 그 자리에 서 있었다. 아무 타격도 입지 않은 듯 처음의 모습 그대로였다. 관현이 나직한 신음성을 발했다.

"빌어먹을!"

그때였다.

쇄애애애애앵!

화음신의 손이 기습적으로 허공을 갈랐다. 엄청난 위력의 수강이 벼락처럼 빠르게 허공을 찢어발겼다.

"피해!"

관현이 몸을 날리며 외쳤다.

퍽! 퍼억! 퍽!

미처 피하지 못한 십여 명의 흑풍대가 그 일수에 몸이 양단되며 쓰러졌다.

"우아아아아!"

구경하던 이들이 탄성을 질렀다. 하지만 그들은 흑풍대를 해치운다는 기쁨보다 화음신에 대한 두려움이 더 컸다.

그것을 느낀 구지개가 소리쳤다.

"그녀가 바로 우리가 지난 이십 년을 준비한 공동전인입니다!"

그 말에 모두들 함성을 질러댔다.

모두들 이 싸움이 왜 공개적으로 이뤄졌는지 확실히 이해했다. 구파일방에서 천하무적의 여고수를 배출해 낸 것이다.

그 모습을 보며 천아진이 피식 웃었다.

이 순간에도 명성에 목을 매는 구지개의 행동이 가소로운 것이다. 물론 자신도 사도맹의 재건을 위해 명분과 명성이 필요했다. 하지만 적어도 지금은 아니다. 지금은 복수의 시간이다. 그래서 화음신은 자신들의 공동전인으로 해달라는 구파의 이번 조건을 흔쾌히 받아들였다.

"마교의 손에 무당, 종남, 공동, 청성의 장문들께서 숭고한 희생을 하셨소."

그 말에 모두들 깜짝 놀랐다. 아직 공식적으로 발표되지 않은 일들이었다.

"하지만 이제 저들은 그 잔악한 행동에 대한 대가를 치르게……!"

그의 말이 채 끝나기도 전에 이미 화음신은 두 번째 공격을 개시했다. 사람들이 그 무례한 태도에 웅성거렸고, 구지개는 인상을 굳힌 채 물러났다.

모두의 관심은 이내 화음신의 가공할 무위에 빠져들었다.

화음신의 움직임은 흑풍대가 막을 수 있는 속도를 벗어났다.

퍽퍽!

눈 깜짝할 때마다 흑풍대의 마인들이 쓰러졌다.

그때마다 함성이 터져 나왔다.

쇄애애애앵!

관현의 검에서 검강이 쏟아져 나왔다.

꽈아앙!

검강에 적중당한 화음신이 휘청 흔들렸다. 하지만 그뿐이었다. 그 많은 폭살시를 견뎌낸 화음신이다.

화음신이 관현에게 달려들었다.

"어림없다!"

흑풍대의 마인들이 그 앞을 막아섰다.

"크악!"

화음신의 손에 흑풍대원들이 쓰러졌다.

관현의 검이 거칠게 화음신을 찔러갔다. 어지간한 고수는 단숨에 베어 넘기는 그의 검이 화음신에게는 장난감이 되었다.

쨍강!

검이 부러졌고, 관현이 화음신에게 붙잡혔다. 화음신이 관현의 심장을 뽑아 들려는 순간이었다.

꽈아아앙!

엄청난 폭음과 함께 화음신이 뒤로 튕겨져 날아갔다. 바닥을 뒹군 화음신이 벌떡 일어났다.

일장을 날린 사람은 유설하였다.

유설하가 천천히 앞으로 걸어나갔다.

"아가씨!"

겨우 목숨을 구한 관현이 그녀 앞을 막아섰다.

"위험합니다."

"물러나세요."

부탁하듯 나직이 말했지만 이미 유설하의 얼굴은 차가워져 있었다.

관현은 느꼈다. 이제 그녀는 유설하가 아니라 나찰이었다.

"알겠습니다."

관현이 살아남은 대원들을 뒤로 물렸다. 순식간에 이십여 명 이상의 피해를 입은 흑풍대였다.

화음신을 향해 걸어가는 유설하의 기도는 완전히 바뀌어 있었다. 어찌나 냉랭한지 주위에 물을 뿌리면 허공에 고드름이 생길 것 같았다.

화음신이 웃었다. 강한 상대를 만날수록 기뻐하는 속성이 지금 이 순간에도 발휘되고 있었다. 특히 구화마공을 익힌 상대라면 더욱 그 감정 기복이 심했다.

"즐겁니?"

마치 아이를 대하듯 유설하가 물었다.

화음신이 고개를 끄덕였다.

"왜?"

유설하의 물음에 화음신이 대답했다.

"당신, 맛있어 보여."

그 말에 가장 놀란 것은 천아진이었다.

화음신이 처음으로 제대로 된 의사표현을 한 것이다. 하루가 다르게 변화해 온 화음신이었다. 처음 입을 연 상대가 자신이 아님이 왠지 마음에 걸렸다. 불길함이 천아진을 휘감았다.

"화음신!"

천아진이 소리쳐 불렀다.

하지만 화음신은 고개를 돌리지 않았다.

유설하는 화음신의 어깨 너머 천아진의 불안한 눈동자를 읽어냈다.

'뭔가 잘못되었군.'

그 불안함이 유설하에게 옮겨왔다. 단순히 좋아할 일이 아니란 직감 때문이었다.

휘리릭.

무엇인가 유설하의 뒤에서 날아왔다.

유설하가 돌아보지 않고 그것을 받아 들었다. 그것은 도였다. 칼을 던진 것은 유진천의 명을 받은 범강이었다.

"쓸 만할 거다."

유설하가 피식 웃었다.

아버지가 내린 그것은 자신도 아는 칼이었다. 패왕도(霸王刀)였다. 나락도와 지옥도에 버금가는 최강의 보도였다.

징—

패왕도가 울자 화음신이 더욱 활짝 웃었다.

유설하가 차분히 말했다.

"같은 여자로서 네 한을 이해한다."

순간 화음신이 멈칫했다.

유설하가 그곳에 있는 모두를 돌아본 후 차분히 말을 이었다.

"이 싸움은 저들과 상관없다. 사랑하는 사람을 잃는 슬픔이 어떤 것인지 잘 알겠지? 이 싸움은 사랑하는 사람을 잃은 너와, 잃지 않으려는 나와의 싸움이다."

차아앙!

말이 끝나기 전 패왕도가 뽑혀 나왔다. 그리고 다음 순간, 패왕도가 화음신의 머리통에 내리꽂혔다. 바위 부서지는 소리가 들렸지만 화음신의 머리는 부서지지 않았다. 대신 앞으로 사정없이 꼬꾸라졌다.

쉬이이잉!

쓰러지는 화음신의 등으로 도강이 떨어졌다.

꽈아앙!

땅바닥에 구멍이 깊게 뚫렸다. 하지만 이미 화음신은 그곳에 없었다.

어느새 허공에 뜬 화음신이 연이어 쌍수를 내지르고 있었다.

쇄애애애애액!

유설하가 몸을 비틀어 피하며 뒤로 물러났다. 땅바닥이 부서지며 튀어 올랐다. 화음신이 그림자처럼 유설하에게 달라붙었다. 유설하보다 한 수 위의 경신법이었다.

파파파파팍!

패왕도가 연달아 허공을 내질렀다.

다섯 번의 공격 모두 화음신의 얼굴에 내리 찍혔다. 하지만 그것은 지켜보는 이들의 착각이었다. 공격 속도와 피하는 속도가 너무 빨라서 군웅들은 싸움이 어떻게 돌아가는지 정확히 알지 못했다.

공간이 찢어지며 비틀렸지만 화음신은 모든 공격을 피했다.

"으아아아악!"

흘러나간 강기에 구경하던 이들이 휩쓸렸다.

"피하시오!"

구지개가 경고했지만 이미 흥분한 군웅들은 물러서지 않았다. 오히려 더 자세히 보려고 앞으로 나왔다. 두 여인의 싸움은 그야말로 이야기 속의 그것처럼 강렬하고 화려했으며 아름다웠다. 모두들 약에 취하듯 싸움에 홀렸다.

"우린 죗값을 치르게 될 것이네."

뒤에서 들려온 말에 구지개가 퍼뜩 정신을 차렸다.

원룽이 침울한 표정으로 서 있었다. 그의 눈빛은 총기를 잃었고 얼굴에는 피곤함만이 가득했다.

구지개는 원릉에게 진심으로 미안했다. 꼭두각시 인형처럼 천아진에게 이용만 당하고 있었다. 어쩌면 그의 말처럼 모두 몰살당하는 한이 있더라도 이러지 않았어야 했다는 생각이 들었다. 하지만… 그게 진정 옳은 일일까? 무엇이 옳은지, 그른지 이제는 판단할 수 없었다.

그때 엄청난 함성 소리가 들려왔다. 구경하던 이들이 일제히 내지른 함성이었다.

구지개가 돌아보니 거대한 무엇인가가 모습을 드러냈다.

유설하의 천마혼이었다.

일반적인 공격은 화음신에게 전혀 먹히지 않았다. 오히려 화음신은 일부러 강기를 맞아주었다. 공격에 당할수록 화음신은 더욱 팔팔해졌다. 그럴 리 없겠지만 자신이 날린 강기를 흡수하는 것만 같았다.

결국 더 늦기 전에 유설하는 천마혼의 사용을 결심했다.

그녀는 한 가지에 기대를 걸었다.

아버지가 당해내지 못한 화음신이었다. 그렇다면 자신 역시 당해내지 못할 것이다.

하지만 자신과 아버지가 다른 점이 있었다.

자신이 여인이란 점이었다.

자신의 천마혼은 아버지의 그것처럼 극양의 기운에서 탄생한 천마혼이 아니었다. 그녀가 믿는 것은 오직 그것이었다. 그 차이가 예상치 못한 변수가 되기를 바랐다.

천마혼이 도도히 주위를 돌아보았다.

지켜보던 군웅들이 입을 벌린 채 천마혼을 올려다보았다.

"대체 저것이 뭐지?"

"괴물이다! 괴물!"

"더러운 마공이 만들어낸 괴물이다!"

모두들 겁에 질려 뒤로 물러섰다.

"공동전인이여! 저 괴물을 죽여 버려!"

"죽여라!"

모두들 화음신을 응원했다.

"크아아아아앙!"

천마혼이 길게 울부짖었다. 엄청난 기파가 주위로 퍼져 나갔다.

그 기파를 마치 한여름 불어온 바람처럼 기분 좋게 맞은 화음신과는 달리, 구경하던 이들이 줄줄이 피를 토했다. 혼절하는 사람들도 있었다. 멀리 있던 이들이 귀를 막고 달아났다.

"크아아아아아앙!"

두 번째 울부짖음에 더 많은 이들이 쓰러졌다. 즉사한 사람들까지 있었다.

구파의 장문들 역시 뒤로 물러섰다.

특히 마공과 상극의 무공을 지닌 원릉은 온몸에 경련이 일고 있었다. 그들 중 천마혼에 가장 강한 것도 그였고, 가장 약한 것도 그였다.

꽈아앙!

유설하의 천마혼이 패왕도를 휘둘렀다.

공격을 피한 화음신이 훌쩍 패왕도 끝에 내려서서 도도한 눈빛으로 천마혼을 응시했다. 화음신은 전혀 동요하지 않고 있었다. 오히려 이미 여러 번 상대해 본 천마혼에게 여유까지 부리고 있었다.

두 번째 천마혼의 공격이 이어졌다.

슈우웅!

빛처럼 빠른 천마혼의 지풍이 패왕도 끝을 휩쓸었다. 하지만 이미 화음신은 그곳에 없었다.

사뿐!

화음신이 내려선 곳은 천마혼의 머리통 위였다.

"크아아아아아앙!"

천마혼이 더욱 크게 울부짖었다. 천마혼의 기파에 또다시 사람들이 휩쓸려 쓰러졌다. 구경꾼들이 사방으로 흩어져 달아났다. 미련을 버리지 못하고 쓰러져 피를 토하면서도 싸움을 지켜보는 이들도 있었다.

단 한 번도 겪지 못한 일에 유설하의 천마혼은 당황하고 있었다. 마구 흔들어댔지만 화음신은 천마혼의 머리에서 떨어지지 않았다.

유설하의 눈빛이 차악 가라앉았다.

'틀렸어.'

극양의 천마혼이 아니었기에 어떤 변수를 기대했건만 그것은 부질없는 희망이었다. 호랑이에게 덤벼드는 늑대가 수컷이면 어떻고 암컷이면 어떤가. 호랑이가 바로 화음신이었다.

지켜보던 유진천이 뒤에 시립한 범강에게 나직이 말했다.

"강아."

"네."

유진천이 오랜만에 자신의 이름을 불렀다. 아주 가끔씩 불러줄 때마다 범강은 언제나 감격스러웠고 기분이 좋았다. 하지만 지금은 아니었다.

"그동안 고생 많았다."

"교주님."

범강의 목소리에 물기가 맺혔다.

"앞으로 오십 년은 더 고생할 겁니다."

"그래야지."

유진천이 자리에서 일어났다.

"대신 내겐 아니야!"

"……!"

"흑풍대주! 마지막 명령을 내리겠다."

"네."

"지금 당장 범강과 적호단을 설찬이에게 강제 이송한다."

"……!"

둘 다 돌아가서 소교주를 모시란 말이었다.

"이 정도면 충분했다. 더 이상의 희생은 본 교를 우스꽝스럽게 만들 뿐이다."

"교주님!"

범강의 눈에서 눈물이 흘렀다. 피가 섞이지 않았지만 그것은 피눈물이었다. 피눈물보다 더 진한 눈물이었다.

"너희의 충성심은 내가 잘 안다. 나를 보듯 그 아이를 평생을 다해 보필하라."

범강이 그 자리에 무릎을 꿇었다.

"마지막까지 제가 모시게 해주십시오!"

"안 된다."

"교주님!"

유진천이 관현을 쳐다보았다. 관현은 흑풍대주가 된 이래 처음으로 유진천의 눈에서 간절함을 읽었다. 그래선 안 된다. 천마에게 그런 눈빛을 보이게 해선 안 된다.

팍!

관현이 범강의 수혈을 짚었다.

스르륵.

그대로 범강이 잠에 빠졌다. 적호단의 무인들이 달려드는 것을 흑풍대 무인들이 제압했다. 비슷한 실력이었지만 흑풍대의 숫자가 더 많았고, 이미 범강이 제압당한 상황이었다. 그리고 무엇보다 천마의 명령이 내려진 상황이었다. 모두들 순순히 무기를 내려놓았다.

"다른 이들도 다 돌려보내게."

관현이 명을 수행했다.

"명을 받들겠습니다."

관현은 눈물을 흘리지 않았다. 흑풍대와 적호단이 그곳을 떠났다. 남아 있던 마인들도 모두 명령을 받아들였다.

그들이 그곳을 빠져나가는 것을 천아진도, 방갓사내도 막지 않았다. 아니, 막지 못했다.

유진천의 천마혼이 발현한 것이다. 채 부상에서 회복되지 않았기에 천마혼을 발현하는 것은 매우 위험한 일이었다. 하지만 유진천의 천마혼은 그 어느 때보다 늠름해 보였다.

유설하가 유진천을 돌아보았다. 두 사람이 마주 보며 웃었다.

"이런 끝도 괜찮겠지."

유진천의 말에 유설하의 눈에 살짝 눈물이 맺혔다.

쇄애애앵!

퍼엉!

유진천의 천마혼의 일격에 화음신이 바닥에 처박혔다.

물론 죽지 않았고, 언제나처럼 벌떡 일어났다. 공세에 밀리던 유설하의 천마혼이 일순간 힘을 되찾았다.

하지만 두 천마혼의 합공에도 화음신을 죽일 순 없었다.

펑! 퍼엉!

천마혼이 양쪽으로 튕겨져 나갔다.

싸움이 거듭될수록 화음신은 더 강해지고 있었다.

"마기를 흡수하고 있어요."

유진천이 고개를 끄덕였다. 답이 없었다. 이쪽이 강하면 더욱 강해지고 있었다. 적어도 구화마공으로는 상대할 수 없는 존재였다.

두 사람이 마주 보며 고개를 끄덕였다.

스스스스스.

두 사람의 천마혼이 동시에 사라졌다.

오히려 천마혼이 사라지자 화음신이 분노했다. 그것은 장난감을 빼앗긴 아이의 분노와 닮아 있었다.

꽈아앙! 꽈앙!

유진천과 유설하 근처의 땅이 움푹 파였다. 당장 천마혼을 내놓으라는 의사표현이었다.

몇 번이나 장력을 발출하던 화음신이 다시 입을 열었다.

"내놔!"

유설하가 웃으며 말했다.

"싫다."

"내놔!"

"저놈들을 죽이면 내주지."

유설하의 시선이 천아진과 방갓사내들로 향했다.

화음신이 홱 돌아보았다. 그녀의 눈빛에 담긴 것은 분명 살기였다.

천아진이 화음신을 지그시 노려보았다. 잠시 고민하던 화음신이 다시 유설하에게 돌아섰다.

유설하가 타락한 악녀처럼 화음신을 유혹했다.

"죽여! 저것들을 모두 죽이면 더 강한 마기를 주지!"

그때 천아진이 내력을 실어 소리쳤다.

"저것들을 당장 죽여!"

아쉽게도 아직까지 화음신은 천아진의 지배하에 있었다.

쇄애애액!

쇄도하는 화음신을 유진천이 막아섰다.

퍼어엉!

일장을 나눈 후 뒤로 밀린 것은 유진천이었다. 확실히 화음신은 전에 싸웠을 때보다 더 강해졌다. 그때도 이기지 못했는데 부상까지 당한 지금에서 이길 수는 없었다.

퍽퍽퍽퍽퍽퍽!

유진천이 계속 뒤로 밀렸다.

유설하가 가세했다. 화음신의 등에 유설하의 일격이 작렬했다.

하지만 화음신은 꿈쩍도 하지 않았다. 오히려 유진천을 향해 날리는 일격이 더욱 강해졌다.

꽈아앙!

폭음과 함께 유진천이 뒤로 튕겨 나갔다.

울컥!

쓰러진 유진천이 피를 토해냈다.

"아버지!"

유설하가 유진천 앞을 막아섰다.

퍼어억!

화음신의 일장이 이번에는 유설하의 배를 강타했다. 미처 막지 못한 유설하가 뒤로 나뒹굴었다.

퍽퍽!

이어지는 살인적인 공세는 그야말로 엄청나게 폭력적이었다.

꽈앙!

유진천이 화음신을 막기 위해 공격을 가했지만 유설하를 향한 화음신의 공격은 멈추지 않았다.

유진천이 뒤로 튕겨 나갔다.

다음 순간, 화음신의 손이 유설하의 심장으로 날아들었다.

쇄애애액!

"안 돼!"

유진천이 소리쳤다. 죽더라도 자신이 먼저였다.

유설하와 유진천과 눈이 마주쳤다. 다급한 유진천의 눈에 물기가 맺혀 있었다.

'아버지, 저 먼저 갑니다. 건아! 여보!'

유설하가 눈을 질끈 감았다. 남편보다 아들 얼굴이 먼저 떠올랐다. 죽기 전에 두 사람을 한 번만 볼 수만 있다면.

퍽!

화음신의 손이 유설하의 가슴에 박혔다. 피가 튀었다.

다음 순간!

고함을 지르던 유진천도, 지켜보던 천아진도, 유설하도, 화음신도 모두 동작을 멈췄다.

찰나간의 정적이 흐르고 있었다.

화음신의 손은 분명 유설하의 가슴에 박혀 있었다.

하지만 박힌 것은 딱 손가락 한 마디까지였다.

화음신이 의도한 것이 아니었다. 누군가 화음신의 손목을 잡은 것이다.

화음신이 돌아보자 그 옆에 누군가 서 있었다. 언제 왔는지 적이건이 그녀의 팔목을 잡고 서 있었다.

적이건이 차갑게 말했다.

"망할 년! 넌 이제 여기까지다!"

투두둑, 화음신의 팔목에서 뼈가 어긋나는 소리가 터져 나왔다.

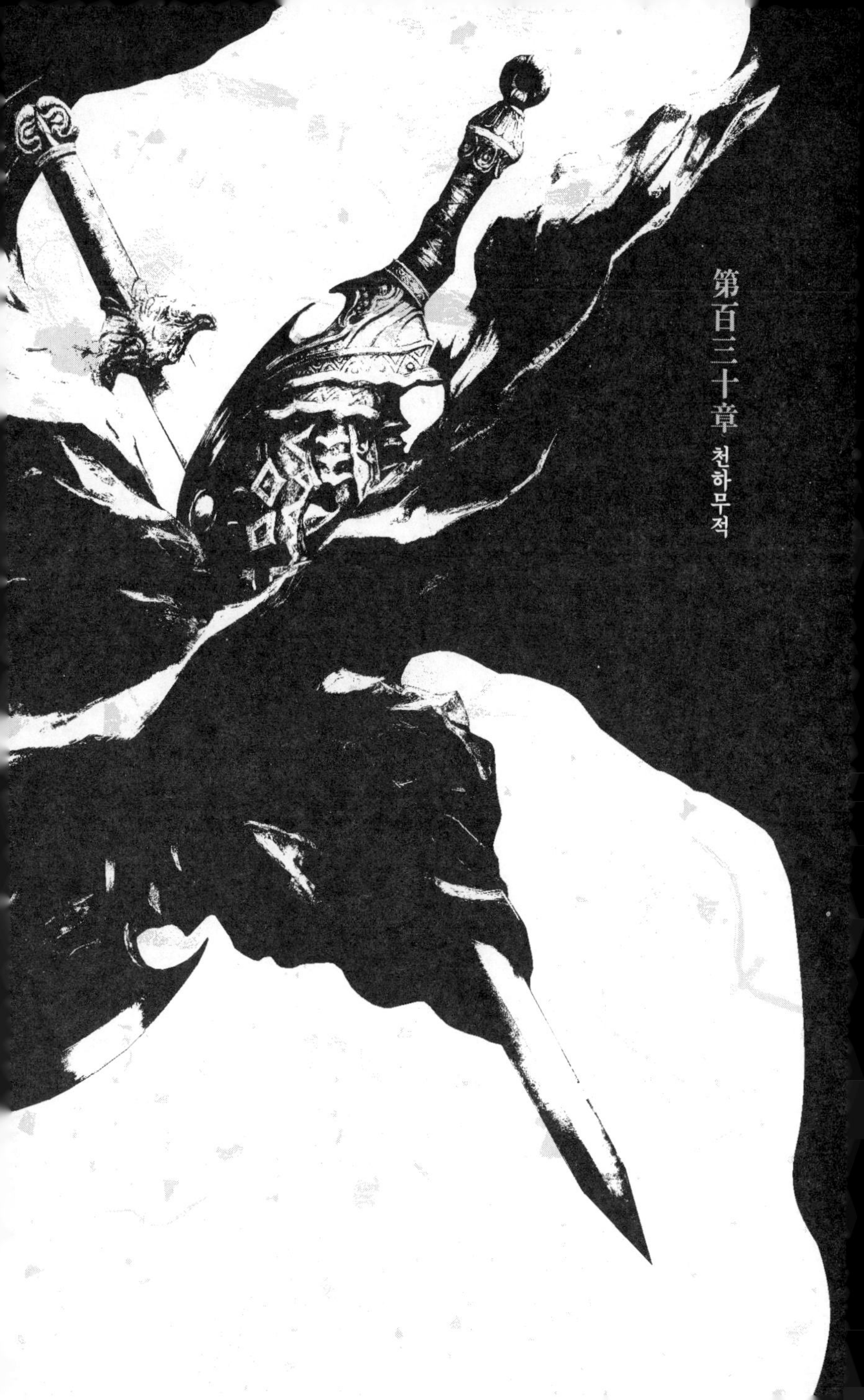

第百三十章 천하무적

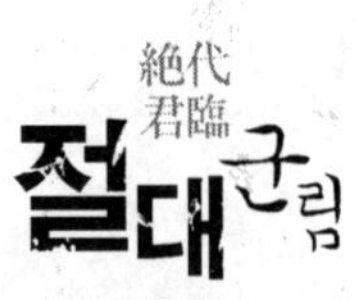
絶代
君臨
절대군림

화음신이 허공을 날고 있었다.

지금껏 수도 없이 하늘을 날은 그녀였지만 지금의 경우는 달랐다.

끈 떨어진 연처럼 힘없이 허공을 맴돌더니 그대로 바닥으로 추락했다. 마치 공이 튀듯 화음신이 바닥에 부딪쳤다가 튕겨졌고 다시 곤두박질쳤다. 마치 느린 그림의 한 장면처럼 모두들 그 모습을 똑똑히 지켜보았다.

화음신의 어깨를 잡아 뺀 적이건이 주먹을 날렸고, 턱을 강타당한 화음신이 방금 전의 그 상황을 연출한 것이다.

천아진이 노한 음성으로 소리쳤다.

"적이건!"

피잉!

퍽!

다음 순간, 천아진의 고개가 옆으로 젖혀 있었다.

주르륵.

천아진의 볼에서 피가 흘러내렸다.

그 뒤에 서 있던 방갓사내가 이마에 구멍이 뚫린 채로 쓰러졌다.

적이건이 날린 지풍을 천아진이 가까스로 피한 것이다.

적이건이 무섭게 노려보더니 이내 몸을 돌렸다.

"인사부터 하겠다."

천아진이 침을 꿀꺽 삼켰다.

'다르다. 완전히 달라졌다.'

적이건의 기도는 확실히 달랐다. 기도뿐만 아니라 모든 것이 달라져 있었다.

적이건이 유진천과 유설하를 보며 고개를 숙였다.

"좀 늦었습니다."

유설하가 활짝 웃었다.

"고생 좀 했구나."

천아진이 느끼는 것을 유설하나 유진천이 못 느낄 리 없었다.

대답 대신 적이건이 싱긋 웃었다. 평소라면 호들갑을 떨어

댈 아들이 늠름한 웃음을 지어 보였다.

"장하구나."

유설하는 진심으로 감격했다. 자신을 구해줘서가 아니었다. 아들은 분명 자신보다도, 남편보다도, 어쩌면 부상을 당하지 않았을 때의 아버지보다도 더 강해져 있었다. 자신이 먼저 죽게 되더라도 이제 걱정할 필요가 없었다.

스으윽.

그때 쓰러져 있던 화음신이 자리에서 일어났다. 지금까지 벌떡벌떡 일어나던 것에 비하면 분명 이번에 받은 충격은 이전과 달랐다.

화음신을 지그시 노려보며 적이건이 나직이 말했다.

"죽도록 싸워줄 테니까, 일단 기다려."

말을 알아들었는지 화음신은 당장 달려들지 않았다.

적이건이 다시 유설하와 유진천에게 돌아섰다. 등 뒤에 화음신을 뒀음에도 적이건은 조금도 긴장하지 않았다.

"아버지는요?"

유설하의 얼굴이 살짝 굳어졌다. 적수린과는 연락이 끊어졌다. 유설하는 내막을 알지 못했지만 뒤에 선 유진천은 그 마지막이 화음신과의 결투였다는 것을 알고 있었다.

"무사하실 거다."

유설하가 다시 강조하듯 말했다. 싸움을 앞둔 적이건의 마음이 흔들리는 것을 걱정해서였다.

"분명 괜찮으실 거다. 네 아버지를 믿어라."

적이건이 희미하게 웃었다. 어머니 말씀처럼 아버지를 믿는다. 어머니 말씀대로 세상을 품은 태산 같은 분이 아니던가?

유진천은 말없이 적이건을 응시하고 있었다.

대단한 자질을 지닌 것은 알았지만 불과 그 짧은 시간에 이 정도로 성장할 줄은 정말 꿈에도 몰랐다.

유진천이 물었다.

"독해야 장부(丈夫)다. 이제 좀 독해졌느냐?"

잠시 생각하더니 적이건이 대답했다.

"아닌 것 같습니다."

유진천의 눈빛이 부연 설명을 원했다.

적이건이 차분히 말했다.

"독하지 않고도 강해지는 길을 걸어보려고 합니다. 진정한 강함이 그 길에 있다는 것을 이번에 깨달았습니다."

"열 배는 더 어려운 길이란 것을 아느냐?"

"각오하고 있습니다."

유진천은 더 이상 묻지 않았다. 다만 고개를 한 번 끄덕여 적이건의 의지를 더 이상 막지 않겠다는 뜻을 내비쳤다.

적이건이 마치 그것을 증명이라도 하려는 듯 원룽과 구지개 쪽을 바라보았다. 두 사람은 차마 적이건의 얼굴을 마주 볼 수 없었다. 자신의 목숨을 구해준 그를 배신한 그들이었다. 화음신을 앞세워 다시 가족을 죽이려 한 자신들이다. 적어도 적이건에게는 입이 열 개라도 한마디 변명도 할 수 없는 상황이었다. 칠종칠금(七縱七擒)의 경우가 바로 그들의 경우였다.

그들을 향해 적이건이 담담히 말했다.

"이해합니다."

진심으로 그들을 이해할 수 있었다. 물론 용서와 이해는 다른 차원이겠지만, 진심으로 이해했기에 용서도 할 수 있었다.

자신들의 가업을 지키기 위해 천 년을 내려온 숙적에게 칼을 내미는 것은 당연한 일이었다. 누군가 그랬다. 진정 강한 사람만이 진실로 용서할 수 있다고.

적이건의 평온한 한마디에 원룽과 구지개는 끝내 눈물을 흘리고 말았다. 원룽이 그 자리에 무릎을 꿇었다.

"크흐흑."

아직 화음신과의 대결이 시작되기도 전의 용서였다.

뒤이어 구지개가 나란히 무릎을 꿇었다. 다른 장문들은 그저 말없이 두 사람의 행동을 지켜볼 뿐이었다.

용서한다는 말은 필요치 않았다. 이미 마음으로 그들을 용서한 것이다. 적이건이 화음신을 향해 돌아섰다. 담담한 적이건에 비해 화음신의 표정은 묘했다. 두려워하는 와중에도 언뜻언뜻 기쁨이 스치고 있었다.

적이건이 군자검을 뽑았다.

발검 소리가 전혀 들리지 않았다. 그 모습에 유진천과 유설하가 놀란 얼굴로 서로를 마주 보았다. 적이건이 완전히 새로운 경지에 올랐음을 느낌만이 아닌 직접 확인한 것이다.

"너도 이해해."

적이건의 눈과 왼 손등의 청룡문신에서 푸른 기운이 넘실대고 있었다.

"하지만 용서는 안 돼."

적이건이 훌쩍 허공으로 뛰어올랐다.

쉬이이잉!

쩌엉!

일 수에 이 장 정도 길이로 바닥이 쫘악 갈라졌다. 예전과는 비교할 수 없는 강함과 빠르기와 정교함이었다.

감히 맞부딪치지 못하고 화음신이 몸을 날려 피했다. 이제껏 곧잘 상대의 공격을 호신강기로 막아내던 그녀였지만 이번 공격은 필사적으로 피하고 있었다.

다시 군자검이 허공을 갈랐다.

화음신이 바닥을 뒹굴면서까지 공격을 피했다. 분명 화음신은 크게 겁을 먹고 있었다.

하지만 그럼에도 적이건의 표정은 더욱 굳어졌다.

화음신이 자신보다 약해서 겁을 내고 있는 것이 아니란 것을 느낀 것이다. 이미 자신은 구화마공의 대성을 이룬 몸이었다. 분명 화음신의 좋은 먹잇감이었다. 그런 화음신을 혼란스럽게 하는 것이 바로 유성은하검식의 이질적인 기운이었다. 그 두 개의 기운을 두고 화음신은 지금 탐색전을 벌이고 있었다.

적이건이 몸을 날리며 허공에서 연이어 군자검을 내질렀다.

쾌애애애애액!

공간이 십자 모양으로 잘려 나갔다. 절대 피할 수 없는 공격이었다.

화음신이 두 팔을 교차해 얼굴을 막았다.

차앙! 창!

검과 검이 부딪치는 소리가 들렸다.

화음신은 뒤로 밀리지 않았다. 그 대신,

주르륵.

그녀의 팔에서 피가 흘러내렸다.

천아진의 두 눈이 부릅떠졌다. 화음신을 만든 이후, 피 흘리는 것을 처음 본 것이다. 정작 화음신은 크게 동요하지 않았다. 화음신이 자신의 팔에서 흐르는 피를 날름 핥아 먹었다.

적이건의 눈이 가늘어졌다.

확실해. 지금 눈치를 보고 있어.

자신의 실력을 꼼꼼히 파악하고 있었다.

여우 같은 년.

이전에 비해 자신이 발전했다면, 화음신 역시 이전의 그것이 아니었다. 자신에게 숨겨진 것이 많다면 화음신 역시 마찬가지였다.

지켜보던 유진천이 나직이 말했다.

"쉽지 않겠군."

유설하가 적이건의 등을 응시하며 대답했다.

"꼭 이길 거예요."

유설하는 아들을 믿었다. 좋은 핏줄과 그에 걸맞은 재능 때문이 아니었다. 불굴의 의지와 집념을 믿기 때문이었다. 이렇게 강해져 돌아온 것으로 충분히 그것을 증명했다.

퍽!

화음신이 그 자리에서 사라졌다.

다음 순간!

쇄애애앵!

적이건의 머리 위에서 수강이 날아들었다. 적이건이 피하지 않고 검을 역으로 올려쳤다.

샤아아아아악!

적이건의 뒤쪽에서 쾅 하고 폭음이 들려왔다. 반으로 잘려 나간 화음신의 강기가 적이건의 양 귀를 스치고 지나가 뒤쪽의 바닥을 때리는 소리였다.

화음신이 두 팔을 풍차 돌리듯 내뻗으며 연이어 강기를 날렸다.

연속해서 강기를 잘라내던 적이건이 지면을 박차며 화음신을 향해 날아올랐다.

화음신의 양손이 모아졌다.

쇄애애애애애앵!

앞의 모든 공격은 이 공격을 위한 허수였다는 듯, 엄청난 위력의 강기가 발출되었다.

군자검이 강기를 내려치는 그 순간, 군자검이 닿기 전에 강기가 반으로 갈라졌다.

꽝! 꽝!

미처 피하지 못하고 연이어 적이건의 양쪽 옆구리에 강기가 박혔다.

"쿠엑!"

적이건이 비명을 토해냈다.

동시에 적이건이 군자검을 내질렀다.

쇄애애앵!

방심하던 화음신의 얼굴을 검강이 강타했다.

적이건과 화음신이 서로 반대로 튕겨져 나갔다.

바닥에 내려선 적이건이 울상을 지으며 옆구리를 매만졌다.

"망할! 정말 아프네."

엄청난 고통이었다. 만약 환골탈태 이전이었다면 치명적인 내상을 입고 쓰러졌을 위력이다.

화음신 역시 고통스러운지 인상을 찡그렸다.

"…아파."

드디어 그녀 입에서 고통을 호소하는 말이 튀어나왔다.

"진짜 아픈 것이 뭔지 보여주마!"

적이건이 다시 달려들었다.

화음신이 지지 않고 달려나왔다.

서걱!

둘이 스쳐 지나갔고, 살이 깎이는 소리가 들려왔다. 적이건의 어깨에서 피가 튀었고, 화음신의 허리가 피로 붉게 물들었다.

"크악!"

"흐흑!"

또한 둘 모두 동시에 비명을 내질렀다.

지켜보던 천아진이 놀라 소리쳤다.

"대체 어떤 무공을 익힌 것이냐?"

적이건이 어깨를 감싸 쥐며 힐끔 그를 쳐다보았다.

"그게 뭐가 중요해서."

"뭣이?"

"대체 어떻게 감당하려고 저것을 이렇게까지 키웠지?"

천아진은 아무 대답도 하지 못했다. 폐부를 푹 찔러와 뒷덜미를 서늘하게 하는 말이었다. 자신이 키운 것이 아니라, 스스로 컸다는 말은 차마 하지 못했다.

뒤늦게 천아진이 소리쳤다.

"완벽히 나의 통제권 아래 있다!"

적이건이 화음신을 노려보며 싸늘히 말했다.

"저걸 보고도 그런 말이 나오나?"

화음신의 두 눈에서 자색의 광채가 흘러나오고 있었는데,

이미 고분고분 말을 듣던 모습은 사라진 후였다. 화음신은 점점 광기에 휩싸이고 있었다.

"물러서라!"

마치 통제권을 확인시키려는 듯 천아진이 명령을 내렸다.

"물러서라니까!"

화음신이 신경질적으로 손을 내질렀다.

쇄애애액!

천아진의 뒤에 있던 서너 명의 방갓사내들이 외마디 비명도 못 지른 채 강기에 휩쓸려 날아갔다.

간신히 강기를 피한 천아진이 가슴을 쓸어내렸다.

"이럴 수가?"

적이건이 그에게 말했다.

"죽기 싫으면 꽁지 빠지게 달아나는 것이 좋을걸?"

"개소리 마라!"

천아진은 화음신을 포기하지 않았다. 흥분한 상태라서 잠시 명령을 받지 않을 뿐이라 생각했다. 그렇지 않다 하더라도 도망가지 않을 것이다. 이제 도망갈 곳도, 도망갈 생각도 없다. 이미 자신의 최종 운명은 지금 이 순간, 화음신에게 걸려 있다.

천아진이 돌아보지 않은 채 나직이 말했다.

"가고 싶은 자들은 가라."

뒤에 선 방갓사내들에게 한 말이었다.

아주 찰나지간 그들 사이에 동요가 있었다. 하지만 그곳을 떠나는 이는 없었다.

"함께 끝까지 가겠습니다."

그들 역시 모험을 하고 있었다. 이대로 죽거나 평생 영화롭게 살거나.

천아진이 화음신을 보며 소리쳤다.

"저놈을 죽여 버려!"

화음신이 적이건에게 달려들었다. 천아진의 명령을 들어서였는지, 혹은 그와 무관한 화음신의 독자적인 행동이었는지 알 수 없었다.

꽈아앙!

적이건의 권강과 화음신의 수강이 맞부딪쳤다.

둘이 동시에 주르륵 밀렸다. 적이건이 몇 걸음 더 밀렸다. 삼 갑자에 가까운 내력으로도 화음신에게 밀리고 있었다. 화음신은 그야말로 측정 불가의 내력을 지니고 있었다.

둘이 동시에 허공으로 날아올랐다.

파파파팍!

반사되는 햇살 너머로 두 사람이 춤을 추듯 날았다.

순식간에 이십여 수가 지났다. 그녀를 쉽게 죽이지 못하자 초조한 쪽은 적이건이었다. 화음신은 더욱더 강해지고 있었다. 적이건은 일반 공격으로는 도저히 그녀를 죽일 수 없다고 판단했다.

후아아앙!

군자검이 번뜩였다.

빛처럼 쭉 뻗어나간 강기가 화음신을 강타했다.

제사초식 유성질주(流星疾走)였다. 이전까지 적이건이 사용할 수 있었던 초식은 삼초식의 유성멸혼이었다. 하지만 이제 완전히 달라졌다.

퍼억!

피하지 못한 화음신의 가슴에 그대로 적중했다.

화음신의 가슴이 쩍 갈라졌다.

파파파파파팍!

분수처럼 피가 튀어 올랐다.

그걸로 죽지 않는다는 것은 적이건이 가장 잘 알았다. 적이건이 땅을 달리듯 허공을 박차고 달려들었다. 다시 한 번 군자검이 기이한 방향으로 휘어졌다.

쇄애애앵!

다음 초식이 발출되었다.

거대한 강기의 원이 회전하며 화음신을 향해 날아들었다. 원은 다시 반원이 되었고, 반원은 다시 초승으로, 그리고 그 강기가 화음신을 갈랐을 때는 원이 사라진 후였다. 하지만 위력은 말로 표현할 수 없이 강력했다. 바로 제오초식 은하월식(銀河月蝕)이었다.

파파파팍!

화음신의 옆구리에 또 다른 기다란 상처가 생기며 피가 튀었다.

그 어떤 고수라도 버티지 못하고 양단될 공격이었음에도 화음신은 잘려 나가지도 쓰러지지도 않았다.

적이건이 연속해서 다음 초식을 날렸다.

은하멸절(銀河滅絶)이었다.

만약 이번 초식이 통하지 않는다면 남은 것은 마지막 초식이었다.

화음신은 피하지 못했지만 은하멸절에 사라지지 않았다. 그녀는 절대 죽지 않는 불사신이었다. 이제 남은 것은 마지막 초식인 은하창세(銀河昌世)였다.

적이건이 날아올랐다.

마지막 초식을 발출하려던 바로 그 순간,

"안 된다! 은하창세를 써서는 안 돼!"

멀리서 소리친 사람은 적수린이었다.

"아버지?"

하지만 이미 군자검은 은하창세를 쏟아내고 있었다. 마치 미지의 무엇인가가 만들어지듯 하얀 빛줄기가 쏟아져 내렸다. 적이건의 웅혼한 내력이 뒷받침된 은하창세였다.

그랬기에 적수린이 비통하게 소리쳤다.

"안 돼!"

결론적으로 말하자면 은하창세는 화음신에게 통하지 않았다. 오히려 그 공격을 모두 흡수해 화음신은 두 배로 강하게 반사시켰다. 적수린의 패배는 그 때문이었다. 죽지 않은 것은 그야말로 천운이 따라줬기 때문이다.

천마가 적수린을 남겨 화음신과 싸우게 한 이유는 하나였다.

은하유성검식으로 화음신을 먼저 상대해 보라는 뜻이었다. 적이건을 위해서. 아들을 위해서.

그날 적수린이 죽을 수도 있었다. 하지만 적수린은 유진천의 마음을 이해했다. 자신을 미워해서가 아니었다. 아들을 살릴 수 있는 기회를 준 것이다. 그게 바로 천마의 방식이었다. 반대의 입장이라 해도 천마 역시 흔쾌히 응했을 것을 알기에 유진천에 대한 원망은 없었다. 오히려 고마웠다. 목숨을 건 대결로 목숨보다 중요한 정보를 알아냈지만 아쉽게도 한발 늦게 도착한 것이다.

과연 자신을 향해 쏟아지는 강기를 올려다보며 화음신이 환하게 웃었다.

파파파파파파!

강기가 화음신의 몸에 정확히 적중했다.

다음 순간,

화아아악!

화음신의 몸에서 빛이 뿜어져 나왔다.

쇄애애애애액!

그대로 은하창세가 원래의 두 배 위력으로 적이건에게 반사되었다.

적이건이 마지막 내력을 다해 방원결을 펼쳐 냈다.

퍽퍽퍽퍽퍽퍽퍽!

원래라면 뚫어지지 않았을 방원결이 그대로 뚫렸고, 다음으로 적이건의 호신강기가 뚫렸고, 마지막으로 만년한철로 된 호신갑이 뚫렸다.

"크아악!"

적이건이 온몸에서 피를 뿜어내며 뒤로 쓰러졌다.

"건아!"

유설하와 적수린이 적이건에게 달려갔다.

몸을 반쯤 일으킨 적이건이 입에서 피를 토해냈다.

"쿠에에엑!"

적이건이 몇 사발이나 되는 피를 연이어 토해냈다. 유설하가 불에 탄 것처럼 눌어붙은 호신갑을 떼어냈다. 만년한철이 녹아버린 것이다. 다행히 관통상을 입지는 않았다.

적수린이 적이건의 앞을 막아섰다. 그 역시도 부상이 채 완치되지 않았지만 눈빛만큼은 결연했다. 유설하가 나란히 섰다.

그때 뒤에서 들려오는 적이건의 말소리.

"저 아직 안 끝났어요."

적이건이 몸을 일으켜 세우고 있었다.

"건아!"

적수린이 적이건을 막아섰다.

"아버지, 무사히 돌아오셔서 기뻐요."

두 사람의 시선이 허공에서 얽혔다.

적이건이 입가의 피를 닦아내며 차분히 말했다.

"이 싸움은 제 싸움입니다."

잠시 아들을 응시하던 적수린이 고개를 끄덕였다. 어느새 부쩍 큰 아들은 이제 어른이 된 느낌이었다. 언제 이렇게 듬직하게 컸나 싶어 적수린은 울컥 마음이 격동했다. 적수린이 길을 열어주었다. 아들의 싸움이 아니라, 이것은 남자의 싸움이었다.

적이건이 천천히 화음신에게 걸어갔다.

화음신의 표정이 질린 듯 일그러졌다. 적이건이 죽지 않은 것에 당황하고 놀란 것이다.

"크아아아아!"

신경질적인 포효를 한 화음신이 훌쩍 몸을 날렸다.

목표는 적이건이 아니었다.

"크아악!"

비명의 주인공은 천아진 뒤쪽에 서 있던 방갓사내였다.

순식간에 제압한 그의 몸에서 순식간에 진기를 빨아들였다.

쫘아압.

사내가 구겨진 채로 버려졌다. 그 모습에 지켜보던 이들은 모두 얼이 빠졌다. 사람이 이렇게 빠른 시간에 종잇장처럼 구겨지는 모습은 너무나 충격적인 광경이었다.

"으아아악!"

비명을 질러대며 피했지만 화음신의 속도는 상상 이상이었다.

또 다른 방갓사내들이 붙잡혔다. 마치 술잔에 따라진 술을 마시듯 화음신이 그들의 몸에서 내공을 빨아들였다.

천아진은 그냥 지켜만 보고 있었다.

적이건도 그냥 지켜보았다. 어차피 다 죽여 버릴 작정을 한 적들이다.

이윽고 다섯 명의 방갓사내의 내공을 빨아들이고 나서야 화음신이 살육을 멈추었다. 기분이 나아졌는지 화음신이 입가에 미소를 머금었다. 내력이 부족해서 그들을 잡아먹은 것이 아니었다. 화음신의 내력은 여전히 넘쳐 나고 있었다. 단지 폭발할 것 같은 분노를 신경질적으로 푼 것이었다.

적이건이 군자검을 늘어뜨린 채로 천천히 걸어갔다.

"이 정도는 아무것도 아냐."

둘이 다시 맞붙었다. 이번의 싸움은 앞서의 싸움과 달랐다.

몸과 몸이 부대끼고 검과 손이 직접 부딪치는 싸움이었다. 강기가 날다가 이내 서로 부둥켜안고 바닥을 굴렀다. 그 와중에도 공방이 오고 갔고, 호신강기가 마찰하며 듣기 싫은 소음을 일으켰다.

화음신은 이 질긴 싸움을 견뎌내지 못했다. 그것은 아주 작은 벌레가 끝없이 큰 동물을 괴롭혀 미치게 만드는 그런 느낌이었다. 단숨에 죽이고 싶었지만 적이건은 죽지 않았다. 흡성대법으로 적이건의 내력을 빨아들이려고 했지만, 그 역시 쉽지 않았다. 대법을 시행하려면 상대의 마혈을 확실히 제압해야 하는데 적이건이 그것을 허용하지 않았던 것이다.

결국 화음신이 방법을 바꾸었다.

두 사람이 다시 격돌했을 때, 화음신이 적이건의 손을 빠르게 낚아챘다. 완전한 노림수였기에 적이건은 공격을 피하지 못했다.

우우우우웅!

다음 순간, 엄청난 내력이 적이건에게 밀려들었다. 빨아들이는 것 대신 내력을 밀어 넣은 것이다. 어마어마한 내력이었다.

"끄아아아아아아아!"

적이건의 입에서 끔찍한 비명 소리가 터져 나왔다.

인간이 감당할 수 있는 내력의 양이 아니었다. 일순간에 화음신의 모든 내력이 적이건에게 쏟아져 들어갔다.

퍽 하는 소리와 함께 적이건이 쓰러졌다. 유설하가 날카로운 비명을 내질렀고, 적수린이 무겁게 탄식했다. 유진천 역시 눈빛이 침울해졌다. 방금 전 한 수에 적이건이 치명상을 입었음을 직감한 탓이었다.

화음신이 헉헉대며 숨을 몰아쉬었다. 일시에 모든 내공을 쏟아내었기에 얼굴은 더없이 창백했다. 하지만 다시 빨아들이면 그뿐이었다.

유설하가 달려들려는 순간, 화음신이 적이건을 들어 올렸다. 화음신의 기다란 손가락이 적이건의 목에 겨눠져 있었다. 아직 아들의 생사를 모르는 상황에서 유설하는 달려들 수 없었다.

화음신이 천천히 적이건의 가슴에 손을 댔다. 다시 내공을 회수하기 위함이었다.

바로 그때, 적이건이 눈을 번쩍 떴다.

화음신이 놀라 눈을 치떴다.

적이건이 하얀 이를 드러내며 웃었다.

다음 순간,

스르륵.

적이건의 신형이 화음신의 손아귀를 빠져나갔다. 마치 묘기를 부리듯 적이건은 어느새 화음신의 뒤에 가 있었다.

적이건이 화음신을 감싸 안았다.

"끙!"

화음신의 입에서 비명이 터져 나왔다. 무엇인가 화음신의 목을 감고 있었다.

눈에 보이지 않는 그것은 바로 탈혼극세사였다. 천하에서 가장 날카로운 것이었다. 귀령탑의 기관에서 회수한 그것을 적이건은 줄곧 손목에 감아두었던 것이다.

적이건이 힘을 주는 순간,

툭!

화음신의 목이 싱겁게 떨어졌다. 한 줌 내력도 없는 화음신은 호신강기를 일으키지 못했다.

쏴아아아아아!

피를 뿜어내며 그녀의 몸통이 쓰러졌다.

적이건이 숨을 헐떡였다.

"망할 년! 이제 진짜 끝이다!"

경악한 천아진은 숨도 제대로 쉬지 못했다.

"어, 어떻게?"

적이건이 차갑게 말했다.

"어떻게 그 내력을 견뎌냈냐고?"

그것은 유진천을 비롯한 유설하와 적수린 역시 궁금한 점이었다.

적이건이 왼팔을 내밀었다.

우우우우웅!

그 손바닥 끝에서 내력이 흘러나왔다. 받아들인 이질적인 내력을 제거하는 중이었다. 화음신과 같은 특수 체질이 아닌 이상, 이 내공은 전혀 쓸모가 없는 것들이었다.

내력을 뿜어내며 적이건이 담담히 말했다.

"절세기환 덕분이다."

그것이 적이건의 혈관을 강하게 해주었기에 버틸 수 있었던 것이다. 환골탈태도 어느 정도 영향을 미쳤지만, 혈맥에 크게 관여한 것은 분명 절세기환이었다.

"절세기환?"

문득 적이건이 무엇인가를 깨달은 듯 말했다.

"홍연, 그녀가 화음신을 남기고 절세기환도 남긴 이유를 이제야 확실히 알 것 같아. 그녀는 화음신이 마교를 파괴하기를 바라지 않았어."

"무슨 헛소리냐?"

귀령탑의 비화를 모르는 천아진이었다.

그가 알아듣든 말든 적이건이 차분히 말했다.

"그녀는 결국 교주님을 진심으로 사랑했던 거지."

"이 미친놈아! 죽어!"

눈이 뒤집힌 천아진이 미친 듯이 달려들었다.

적이건이 내력을 뿜어내던 왼팔을 그에게 내질렀다.

퍼엉!

엄청난 위력의 장력에 얻어맞은 그가 그대로 튕겨 나갔다. 화음신의 내력에 의한 공격이었다.

"쿠에엑!"

천아진이 피를 토해내며 그 자리에 주저앉았다. 이제 모든 것이 끝장났음을 깨달았다.

적이건이 구파일방의 장문을 쳐다보았다. 나머지 장문들의 무릎이 접혔다. 구파의 장문들이 모두 적이건에게 무릎을 꿇은 것이다.

구지개를 바라보던 적이건이 힐끔 천아진 쪽을 바라보았다. 천아진의 처분을 맡긴 것이다. 구지개가 고개를 끄덕였다. 아마도 무사하긴 어려울 것이다.

천마혼 때문에 멀리 달아난 구경꾼들은 상황이 어떻게 돌아가는지 알지 못했다. 하지만 감히 다시 돌아올 생각은 하지 못했다.

"아버지, 어머니."

적이건이 유설하와 적수린에게 걸어갔다.

"수고했다."

"정말 장하구나."

두 사람이 환하게 웃으며 아들을 반겼다.

"휴우."

적이건이 안도의 한숨을 내쉬었다.

바로 그때였다. 적이건을 향해 환하게 웃던 두 사람의 표정이 완전히 굳어졌다.

두 사람의 시선은 적이건의 뒤쪽을 향하고 있었다.

적이건이 천천히 몸을 돌렸다.

화음신의 죽은 시체에서 무엇인가 흘러나오고 있었다. 자색의 연기였다. 그것이 천천히 뭉쳐 인간의 모습으로 변하기 시작했다. 천마혼과 비슷한 느낌이었지만 천마혼은 아니었다.

쏴아아아악!

그것이 방갓사내들 사이를 휘젓기 시작했다.

"으아아아악!"

공포에 질린 방갓사내들이 사방으로 흩어졌다.

펑! 펑펑!

사방에서 사내들의 머리통이 터졌다. 팔다리가 터져 나갔다. 순식간에 남아 있던 모든 방갓사내들이 목숨을 잃었다. 장문들은 완전히 공포에 질렸다.

피바다 속에서 천아진은 멍하게 서 있었다.

그것이 마지막으로 천아진을 휘감았다. 천아진은 똑똑히 보았다. 자색의 연기가 만들어낸 섬뜩한 미소를.

"빌어먹을!"

펑!

천아진의 몸이 산산조각나며 흩어졌다.

자색의 그것이 사람의 형상을 이룬 채 적이건 앞으로 내려섰다.

그것은 어마어마한 기운을 내뿜고 있었다. 양화영이 느꼈던 그 괴이한 느낌의 실체가 모습을 드러낸 것이다.

그것이 한 번 포효하자 엄청난 기파가 주위를 진동했다.

"적 소협, 조심하게!"

원룽이 소리쳤다. 불문에 입문한 이래 이렇게 사악한 기운을 내뿜는 것을 본 것은 이번이 처음이었다. 그것은 분명 천마혼보다 훨씬 더 악에 닿아 있었다.

적이건이 그것을 올려다보며 겁없이 물었다.

"넌 여전히 화음신인가?"

스스스스스.

놀랍게도 그것이 대답했다.

"난 화음신 따위가 아냐. 훨씬 더 빠르고 강하다."

그 목소리는 영혼의 울림처럼 깊었다.

장문들이 탄식했다. 그 화음신만 해도 너무나 끔찍한 존재였다.

그때였다. 갑자기 적이건이 웃기 시작했다.

"하하하하하하!"

정신적 압박을 견디지 못하고 미친 것처럼 보였다.

원룽이 안타깝게 그를 불렀다.

"…적 소협."

한참을 웃던 적이건이 천천히 고개를 들었다. 원룽의 걱정과는 달리 오히려 맑은 두 눈에선 총기가 빛나고 있었다.

"화음신보다 더 빠르고 강하다고 했나?"

"그렇다."

"지금까지 우리가 화음신보다 더 느리고 약해서 졌다고 생각하나?"

"뭣이?"

"화음신이기에 졌어. 절대 이길 수 없는 상극이었으니까."

"……!"

적이건이 군자검 대신 이번에는 지옥도를 뽑아 들었다. 이번에는 적이건의 두 눈과 오른 손등의 악귀상이 붉은 기운을 뿜어냈다. 이전과 비교할 수 없이 짙고 강렬한 색채였다.

동시에 뒤에서 무엇인가 모습을 드러냈다.

스스스.

적이건의 천마혼이 발현했다. 예전 화음신을 상대할 때와는 그 기도가 완전히 달랐다. 적이건의 경지가 상승하면서 천마혼 역시 더욱 강력해진 것이다. 천마혼이 도도하게 상대를 내려다보았다.

"네가 열 배 강하든 백배 강하든 상관없어."

적이건이 차갑게 덧붙였다.

"…화음신만 아니라면."

『절대군림』 14권에 계속…

화려한 귀환
1
화려한 귀환 ①
화려한 귀환 ②